心に棲む人へ

永田智彦 著

TKC出版

もくじ

装　丁・ぺペ工房
イラスト・はしばかなえ

心に棲む人へ

クレオメの咲く道

クレオメの咲く道

さっきまで、あれほど賑やかに鳴いていた、蝉の鳴き声一つしない、静寂の草原を進んでいくと、辺り一面そこには、クレオメの咲き乱れる花畑が広がっていた。

クレオメは、花弁が、蝶が舞う姿に似ていることから、セイヨウフクチョウソウとも呼ばれ、背が高くその清楚な雰囲気を高橋健太郎は常日頃、好んでいた。

好きな花に囲まれ、健太郎の体はフワフワと宙に浮くように軽かった。

クレオメの花畑を抜けると、やがて、せせらぎの音が聞こえ、その川の向こう岸に、真っ白い割烹着を着た老婆が佇み洗濯をしていた。

近づいて声をかけようとしたその時、あまりの驚きに健太郎の心臓は高鳴った。

「母さん……母さんだね」

「母さん……会いたかったよお」

「母さん……三十年以上も離ればなれだったんだ」

懐かしさと恋しさが込み上げてきて、健太郎の視界は涙で霞んだ。

健太郎が話しかけようと、顔を上げると、いまそこにいた母の姿が見えない。

すると、どこからともなく健太郎に話しかける声。

静かで落ち着いた物言いではあったが、絶対に嘘は許さないという威厳に満ちた声で、

「これまでお前は自分のことより、他人の幸福を先に祈り、他人の幸せのため手を貸してきたか」と。

突然の質問にどう答えたらいいのだろう。


そうか。

これは娑婆から涅槃の彼岸へ渡るための面接試験ではないだろうか。

いわば六波羅蜜による今生世界における自分の生き様の検証を受けるのだ。

天職とした仕事を得て五十年。

「一生懸命」という言葉を今は使っていいだろう。

他人を裏切ることなく、恨まれることもない、そうした人生を送ってきたことも事実であろう。

しかし、この厳しい問いに、「その通りです」と断言できるほどの、きれいな人生を送ってきたとは到底言えまい。

かといって、馬鹿正直に答えて、もし母さんに会えなくなったらどうしよう。健太郎は考え込んでしまった。


少し間をおいてから健太郎は答えた。

「飯塚毅先生は言われました。

『世のため人のため、つまり会計人なら、職員や関与先、社会のために精進努力の生活に徹すること、それがそのまま自利すなわち本当の自分の喜びであり幸福なのだ。そのような心境に立ち至り、かかる本物の人物となって社会と大衆に奉仕することができれば、人は心からの生き甲斐を感じるはずである』

私は、この言葉に心底感銘を受け、このように生きたいと念じてきました。一度しかない人生は、自己中心に生きるほど長くないと言い聞かせ、自分なりに精進してまいりました。

共通の志を持った同志と、人智を超えた崇高なものを求めて歩んでいくことこそ使命であり、生き様であると己に言い聞かせてきました。

しかし、だからと言ってそれが世間に誇れる程の人生だったかといえば、とてもその自信はありません。

もっと、頑張れたのではないかと問われればそうかもしれません。

でも、正直言ってもう疲れてしまったのです。もう、この辺でいいか、という気持ちになりました。

それに、何よりもいま、無性に母に会いたいのです」

健太郎は正直にそう答えた。

語り終えても返事は返ってこない。

いつの間にか、西の空は夕焼けに染まり、気が付くとあの川岸にまた母さんが立っていた。

母さんは健太郎に向かって、「まだ、来なくてよかったのに。でも健太郎、すごく逢いたかったよ」と、笑っているのか泣いているのか分からない、クシャクシャな顔をしながら、向こうの川岸から健太郎に「さあ、おいで」と手を差し伸べた。


二〇三〇年の夏、こうして高橋健太郎は八十三年の生涯を閉じた。

戦争

昭和十八年の後半まで、一進一退だった戦況は、日本軍の兵站の崩壊など重要な戦略ミスや、指導層の見通しの甘さなどが重なり、敗戦までの二年間で、国土も人的被害も、まさに壊滅状態となった。

高橋清は、地元の中島飛行機工場に勤務していた。

帝国が誇る軍需工場の中島飛行機は、終戦までに全社で約三万機の航空機を生産し、戦闘機「零戦」の三分の二は中島飛行機が生産していた。

そのため軍需工場は、米軍による戦略爆撃の主要な攻撃目標とされ、終戦直前の八月五日の前橋空襲は、特に凄惨を極めたものだった。

B二九爆撃機、九十二機が焼夷弾約七百トンを投下し、被災人口は全市の半分以上に及び、約七百人が命を落としている。

この日夜九時頃、警戒警報のサイレンによって目が覚めた高橋きいは、慌てて着替えながら、大切なものを入れたリュックを持ち、二歳の娘を負ぶって、上の二人の娘の手を引いて、近くの病院の敷地内にある防空壕に向かった。

夫の清は、夜勤で泊りだった。

「こんな日に限り留守だなんて」

きいは、独り言を言いながら夢中で走った。

周囲は、慌しさで殺気立ち、顔はみな引きつっていた。

防空壕に入って間もなく、B二九の爆音が轟き、焼夷弾の破片が、雨あられのように降ってきた。逃げまどう人々の悲鳴が遠くに聞こえてくる。きいは三人の子どもを両手で押さえ自分の体の下に入れて庇うようにしていたが、子どもたちはブルブルと震え、二歳の子は泣きっぱなしだった。

どれほどの時間が過ぎたろう？

しばらくして、きいは防空壕入口の隙間から外を見ると、夜空が真っ赤に染まっていた。みな木造の住宅だから大火災を起こしているのだ。

空襲警報解除のサイレンが聞こえ、外に出ると、黒く焼けただれた死体や、爆弾片を受けて苦しむ人など、この世のものとは思えない地獄絵が広がっていた。

燃えていくわが家を見ながら、茫然と立ちすくんでいる人もいる。

「父さんは大丈夫だったろうか」

足がくがくと震えて、歩くのもおぼつかない。広瀬川にかかる橋を渡るとき川面を見ると、何人もの人々がうつ伏せになって、ゆっくりと下流に流れていく。

どの人の服もボロボロに焼けただれている。

きっと火が燃え移り、熱くて川に飛び込んだのだろう。

真っ黒に汚れたきいの頬に涙が伝わり、子どもたちと夢遊病者のようにトボトボと歩いていく。

この年四月、中島飛行機は第一軍需工廠となり、事実上国有化された。中島飛行機で、戦闘機部品の完成検査の仕事をしていた高橋清は、八月五日の夜、当直司令だった。当直司令は、工場の幹部が毎晩交替で工場の夜間責任者としての仕事についていた。

といっても、この頃には、戦闘機の部品を作る鋼材などは全く入荷せず、中島飛行機は、生産を休止しつつ存続していたが、工場にいる社員のプライドと士気は驚くほど高く、仕事をなくした社員は、常日頃工場に点在する機械をピカピカに磨き込んでいた。

この夜も高橋は、通常の習慣通りに工場を見回り、黒光りする機械類を見ながら、満足そうに一人頷き、いつか再びここから戦闘機の心臓部が生産され、米国を迎え撃つ日が来ることを確信していた。

夜九時過ぎ、警戒警報のサイレンが鳴り響いたが、高橋は悠然としていた。

部下の新井が飛んできて、避難を督促した。

「アメ公のヘボ玉に当たってたまるか」

清は独り言を言いながら、やむを得ず工場内の広場の隅に作られた、地下防空壕に入ると、すでに何人かの社員が不安そうに座っていた。

高橋が防空壕に入るのを待っていたかのように、遠くから、わずかに聞こえていた爆音は、たちまちのうちに大きくなったと思ったその時、何かをこするようなシューと音がしたその瞬間、大音響とともに炸裂音が響き渡り、コンクリート製の防空壕はビリビリと震え、壁にはひびが入り始めた。

焼夷弾が命中したのか、バリバリという音と共に何かが激しく、崩れ落ちる音がした。

しかし、高橋はきっと背筋を伸ばし、微動だにせずに拳を握りしめていた。

どれほど経ったろうか。意を決したかのように高橋は、突然立ち上がり防空壕から飛び出した。

あちこちから湧き上がる黒煙のためによく見えないが、暗闇の先に、木造の工場が火柱を上げて燃えていた。

そこには夢ではないかと思わせるほどに、変わり果てた光景が広がっていた。

「三十分も経っていないのに、何だ、これは」

高橋の身体は、ぶるぶると震えていた。

米軍に対する憎しみや、制空権を完全に失ってしまった帝国海軍に対する不甲斐なさはもちろんだが、それよりも、なによりも、さっきまで恋人を愛でるような気持ちで眺めていた、中島飛行機の生命線である工場や機械が、ただの瓦礫に果ててしまった喪失感に加えて、自分が当直司令の時に限って、このような事態となってしまったことに高橋は絶望し、油臭くてきな臭さの混じった大地に、思わず泣き伏してしまった。

しばらくして落ち着くと、突然高橋の脳裏に、妻や子どもたちのことがよぎった。

「しまった」

当直司令の責任がある。飛んで帰るわけにはいかない。

「すまん。どうか無事でいてくれ」

その僅か十日後に終戦となり、日本は戦争に負けた。

焦土と瓦礫の中、人々は生きてゆくこと自体が目的のような、大変な時代に入った。

しかし、焼夷弾が落ちてくることはもうない。

中島飛行機は、戦後財閥会社として解体を命ぜられた。

GHQによって、航空機の生産はもとより、研究も禁止され、二度と軍需産業に進出できないよう、十二社に解体された。技術者の多くは、自動車産業に転進することとなったが、高橋清もこれに伴い十二社の一社に転出した。

誕生

高橋清は、戦後も変わらずに、妻や子どもたちに厳しく、軍人気質のスパルタ教育を変えなかった。

そんな中、終戦の翌年に待望の男子が、出産予定日よりも相当に早く、今でいう未熟児、虚弱児で生まれたのだった。

産婆さんが、その子をとりあげ、父親である清に見せた。

清は、「これは駄目だ、生きては行けん。残念だがお前あきらめろ」と妻きいに即座に言い渡した。

布団に横たわるきいは、出産直後に受けた予期もしなかった冷たい夫の言葉に、激しく抗議をするかのように、首を強く横に振りながら、その子をわが胸に抱きしめた。

これまで三人の子どもをもうけていたが、いずれも女子であった。この出産にかけた清の男子誕生の夢は、きいにはもちろん周囲にも理解できないほど大きなものがあった。

清は、終戦から一年も経つのに、もぬけの殻のようにやる気をなくしていた。

敗戦の現実をなかなか受け入れることができなかった。

そんな中で、ただ一つの望みは、生まれてくる子どもが、もし男子であれば、清の心をいま支配しているこの無念さを、きっと晴らしてくれる大人に育つに違いないとの淡い期待だった。

そんな清の一縷の望みを断ち切るように、今にも死んでしまいそうな、栄養失調でか細い未熟児の誕生によって、清が勝手に描いていた希望は、脆くも崩れ去っていくのだった。


清は、出産後の妻を思いやる余裕もなく気落ちしていた。

「あなた、この子に早く名前をつけてください。そうでないと、この子がかわいそうです」

「そうだな」

清は気のない返事をした。

「どうでしょう。丈夫な子どもに育つように、健太郎というのは……」

「それでいい。市役所に行ってくる」と、清は足早に席を立った。

戦後の困窮した食料事情の中で、健太郎を丈夫な子どもに育てることは、たやすくはなかった。ひきつけを起こしたり、下痢が止まらなかったり、母が健太郎を負ぶって医者に駆け込むのは、日常的となってしまった。

母にとって、他の子どもたちを育てることは、何の苦労もなく、自然に育っていくようにたやすいことだった。

母の育児の大半は健太郎のためにあり、それと反比例するかのように、父は健太郎のことを諦め、傍観しているようだった。

家での夕食は、余り多くないおかずの取り合いで、あっという間になくなった。

そうでなくとも食の細い健太郎は、ほとんど何も食べていないが、母は平気な顔をしていた。

後片付けが終わってしばらくすると、母はそっと健太郎の手を引いてお勝手に連れていく。戸棚から出したお皿には、健太郎のために取っておいた少しのご飯とおかずがあり、母はそれを健太郎の口に運ぶ。

「おいしいだろう。よく噛むんだよ。いっぱい食べて丈夫な子になるんだよ」

健太郎は、にっこりと笑って「うん」と言った。

健太郎は体調がすぐれないときに、よく夜中にうなされた。八畳間に寝ていたはずが自分の体から飛び出して、その部屋の天井に張り付いている。

上から見ると、畳の真ん中に自分が寝ていて、その周りを姉たちが心配そうに見ている。何かを待っているかのようにじっと見ているのだ。

目が覚めると、母がいて「悪い夢でも見たかい」と言いながら、汗びっしょりの顔を手拭いで拭いてくれた。

師走の鬼子母神のお祭り。

母は、健太郎を背負い、鬼のように救児の神となった、鬼子母神様にひたすら祈った。

生きている限り、どんなことでもしてやりたい。

へその緒を切ったその日から、こうして、ねんねこを通して伝わってくる健太郎のぬくもりが、いつまでも続くように手を合わせる。

「どうか病気を知らない丈夫な子どもになりますように」

昔ばなし

昭和二十五年

成立したばかりの韓国と北朝鮮の間で、朝鮮半島の主権を巡り、北朝鮮が国境を越えて侵攻し、朝鮮戦争が勃発した。

戦争勃発直後に、米軍の兵站司令部が日本に設けられ、直接調達方式によって大量の物資が買い付けられた。特需の恩恵を受けた各種産業の業績は好転し、日本は、敗戦によって中断されていた最新技術を入手できたほか、戦前の非効率的な生産方式から脱却し、米国式の大量生産技術を学ぶ機会を得ることができ、再び産業立国になるうえでの重要な足掛かりを掴んだのである。

健太郎が寝るときは、必ずといってよいほど母が布団に入ってきて、「昔ばなし」をしてくれた。

健太郎にとって、それは冒険の旅に出るように、ドキドキと楽しく、一日で一番に嬉しいひとときだった。

「今日は、なんのはなし」そう聞くと、母はしばらく考え「今日は、ふるやのもり、にしようね」と。

本や絵本もないのに、母はすらすらと淀みなく、なにかを読んでいるかのように話し始めた。

昔ばなし

むかし、むかし、ある山里に、ふるくてそまつな、一けんの農家がありました。この家には、おじいさんと、おばあさんと、小さな孫がすんでいました。そのほかに、たいそうりっぱな馬が一頭、かわれていました。

ところで、この馬をぬすんでやろうとねらっている、ひとりのどろぼうがおりました。このどろぼうは、じぶんのことを、「走るのも、はやいし、かくれかたも、うまいし……。ひょっとすると、おれは、日本一のどろぼうかもしれんぞ」と、かってに考えているのでした。

どろぼうは、雨のふる夜に、馬をぬすもうと計画して、ずいぶんまえから、雨の日を待っていました。

ある日のこと。雨がはげしくふりだしました。

「こりゃ、いいぐあいじゃ。今夜はきっと、あの馬をぬすみだしてやるぞ」

どろぼうは、雨のなかをこっそりでかけました。そして、農家にちかづくと、ものかげにかくれて、ようすを、じいーっと、うかがいました。

やがて……。うまやにしのびこむと、天じょううらにかくれて、夜をまちました。

ところが、その夜、どろぼうのほかにも、馬をねらっているものがいたのです。

それは、口が大きくさけた、おそろしいおおかみだったのです。このおおかみも、ずっとまえから、馬をたべてやろうと、チャンスのくるのをまっていたのでした。おおかみは、草むらからとびだすと、そろり、そろり、足音をしのばせて、うまやにちかづいていきました。そして、うまやにしのびこむと、やはり、夜になるのをまつことにしました。こうして、おなじうまやのなかで、どろぼうと、おおかみが、いっしょに、夜になるのをまっていたのです。

さて、日がくれて、夜も、だんだんふけてきました。おばあさんは、いつものように、おはなしをきかせながら、孫をねかしつけようとしました。

でも、どうしたことか、なかなか眠りません。

「ねえ、ばあちゃん。この世でいちばんこわいものって、なあーに?」と、孫がききました。

「そうだねえ、人間のなかでは、どろぼうじゃろうかねえ」

これをきいたどろぼうは、大よろこび。

「うふふふ……。おれさまがこの世で、いちばんこわいのだとよ」

「では、じいちゃん。動物のなかでは、なにがいちばんこわい?」と、こんどは、おじいさんにききました。

「うーん。そりゃ、おおかみじゃなあ」

おおかみは、これをきいて、にんまり。

「そうじゃろ、そうじゃろ。このおれさまよりこわいやつなんか、いるわけがねえ」

どろぼうは、おおかみときくと、おもわず、ふるえあがりました。

ところで、孫はいっこうに、眠ろうとはしません。

「それじゃ、どろぼうや、おおかみよりも、もっとこわいものは、なあーに？」

「そうじゃなあ……。いちばんこわいのは、ふるやのもりじゃ。はようねんと、今夜あたり、くるかもしれんな」と、おばあさんがいいました。

どろぼうとおおかみは、じぶんたちより、もっとおそろしいものがいるときいて、びっくりしました。

ところで、この「ふるやのもり」というのは、じつは、「ふるい家の雨もり」のことだったのです。雨のおおいこの地方では、雨もりが、なによりおそろしかったのです。


……………………………

……………………………

話しが途中で途切れてしまったので、健太郎は母の顔を覗き込むと、母は、もう寝入っていた。

母は、朝早くから仕事に追われ、疲れ果て、昔ばなしを最後まで出来たことはなかった。

母の襦袢がはだけて、白くふくよかな、おっぱいが見えた。

健太郎は、おっぱいに小さな手を入れ、顔をその胸に埋めた。

暖かく、甘い香りが健太郎を包み、健太郎はすぐに眠りに落ちた。

竹ぼうき

小学校に入学するころから、健太郎は少しずつ丈夫になり、医者通いも少なくなってきた。

戦後まもなく生まれてきた子どもの中には、健太郎のような虚弱児も何人かいて、夏休みなどは、身体の弱い子ばかりを集めて、少しでも丈夫な子になるよう夏季学校が開かれた。

自分の布団を持って行って、この一週間ほどの間は家に帰れず、夏休みも短くなるので、健太郎は夏季学校が嫌だった。

学校は、一学級六十人、一学年七組まであった。木造の校舎で、冬は火鉢を焚いた。休み時間に火鉢を囲んでいると、「外で遊べ」と先生に怒られた。

学校では給食が始まっていたが、パンもおかずもまずく、特に健太郎は、毎日出る脱脂粉乳が嫌いで飲めなかった。

パンに穴を開けて、おかずを詰め込み、学校の帰り道に、よその家の庭にいつも捨てていた。

それがその家の人にばれて、後をつけられ、健太郎の家に押し込んできた。健太郎は、こっぴどく父に叱られ叩かれた。

昭和三十年。国民生活白書は、「もはや戦後ではない」と宣言した。

朝鮮特需が、日本再離陸の一翼を担ったのも事実であろう。


家の周りは、子供たちで溢れ、みな暗くなるまで外で遊んでいた。

遊ぶ場所は、お寺、神社、共同墓地、川や畑、田んぼだった。

自然に学年別に序列ができていて、親分、子分の関係は、歴然としていた。同学年でも大きく強い子は威張り、弱い子はただついていく。

子どもたちの着ているものはみな、お姉ちゃん、お兄ちゃんのお下がりだったので、継ぎ当てだらけだった。

辺りが暗くなり、お豆腐屋さんが自転車に乗って、パープーとラッパを鳴らして通り過ぎる頃、子どもたちも一斉に家路につく。

外の七輪で焼く、さんまのいい匂いがしてくる。

道路は舗装などされてないので、いつも埃っぽく、雨が降るとドロドロ道に変わった。道の片側には、どぶ川が流れていて臭かった。

高橋家も次第に豊かになっていった。健太郎が小学生の時には内風呂ができた。

それまでは銭湯へ行っていたので、寒い冬の夜は、たちまち体が冷えて、濡れた手拭いはカチカチになった。

電話も入っていた。近所の人が借りに来たり、近所の人を呼び出しに行ったりしていた。米や醤油の貸し借り、おかずのやりとりもあった。

健太郎の姉は、母に頼まれて父のために、空瓶を提げて近所の酒屋に量り売りのお酒を買いに行った。

大きめの卓袱台《ちゃぶだい》を囲んでの夕食は、大人数で賑やかであったが、父のいるときは私語厳禁で緊張していた。

父がいないときは、母を囲んでワイワイと楽しく、全く違う家庭のようだった。

酒屋の角で、両足のない人がいつもペタンと座っていて、物もらいをしている。健太郎は、それがいつも気になっていた。ある時、母さんに「あの人だあれ」と聞くと、傷痍軍人《しょういぐんじん》だと教えてくれた。

相変わらず、父は万事に厳しく、時には子どもたちを叩くことさえあった。

ある時、健太郎は遊んでいて何かの取り合いとなり、友達に殴られ、顔にコブを作って帰った。

家に帰ると、父に「その顔はどうした」と言われ、黙っていると、「誰かにやられたな。俺は弱いやつが大嫌いだ」

父は傍らにあった竹ぼうきを、健太郎の足元に投げ、「それでもって、殴ったやつに仕返しをしてこい」と健太郎に命じた。

健太郎は、父が怖くて、慌てて竹ぼうきを持って外に飛び出した。

しかし、健太郎には相手に仕返しをする勇気も体力も持ち合わせていなかった。それに、そんなに悔しくもなかった。仕方なくぶらぶらと歩いていたが、辺りはすっかり暗くなってきた。

時間つぶしに、竹ぼうきで道の隅を掃いていると、通りがかったおばさんが、「こんな時間に掃除かい。偉いねえ」と言った。健太郎は、恥ずかしくてその場を逃げ出した。

家に帰ったら、父さんになんて言おうか。健太郎はそれだけを考えていた。

しばらくして、家の玄関に戻ると、父が「どうした」と大きな声を出した。

健太郎は、精一杯に強そうな声で「殴ろうとしたら、謝ったので、勘弁してやった」と、言い放った。

父は、しばらく健太郎を睨み付けていたが、そのうち呆れたような顔をして、奥に行ってしまった。

健太郎は、家に入り、お勝手に行くと、母がこっちを向いて立っていた。健太郎が近づくと、母は黙って健太郎を抱きしめた。健太郎は声を出さないように泣いた。

この小さな出来事が、健太郎にとって大きなトラウマとなった。

かくれんぼ

半年ほど過ぎた頃から、健太郎は日増しに元気がなくなった。学校に行くのが辛そうだった。健太郎の母は、病気の再発を最も心配していた。

「健太郎、どこか具合が悪いのかい。痛いとこはどこだい。母ちゃんに言ってごらん」

しかし、健太郎は首を横に振るばかりだった。

それから何日か経ったある日。

父は仕事に出かけ、三人の姉もだらだらする健太郎をおいて先に行ってしまった。

しかし、登校時間になっても健太郎は玄関から動かない。それに気づいた母が、びっくりして、「どうしたの健太郎」と、声をかけると、健太郎は「わー」と泣き出して母さんに抱きついた。

「もう学校へ行くのは嫌だ」

「母ちゃんに全部話してごらん」

健太郎は、もう二か月近い間、「かくれんぼの鬼」を毎日していた。

かくれんぼは、自分の体にタッチされる前に、隠れていて出てきた友達の名前をすべて言い当てれば鬼でなくなるのだが、何人もが、いっぺんに出てくれれば、全員の名前を言い当てる前に、誰かにタッチされてしまう。そうするとまた、最初からやり直しとなる。

こうして、健太郎は、休み時間も放課後も、来る日も来る日も「かくれんぼの鬼」をしていたのだった。

友だちに、朝もっと早く来いと言われ、二子山に写生にいった時も、あまり絵が描けないうちに鬼をしなければならない。

朝、目が覚めると、「また、鬼か」

健太郎は、学校に行くのが本当に嫌になった。

家に帰って何度も話そうかと思ったけど、父さんは「俺は、弱いやつが大嫌いだ。いじめたやつに、仕返しをしてこい」と言うに違いない。そんなことを健太郎にできるはずがない。

まして、一番威張っている川井くんは、健太郎の倍ぐらいあるのだ。

健太郎は、友だちが一人もいないところに逃げたかった。

もう何日もずっとそのことを考えていた。

どうしたら、友だちのいないところへ行けるだろう。

でも、どうしても母さんだけには聞いて欲しかった。

母は、健太郎の話を聞き終えると、健太郎の頭をさすり続けた。

「健太郎、よく我慢したね」

「でも、大丈夫だよ。母ちゃんがお前のこと守ってやるから」

健太郎の母は、健太郎の手を引きながら、学校に向かった。

小学校のクラスメートにとっては、夏季学校の常連で、虚弱児の健太郎は、格好の「かくれんぼの鬼」だったのだろう。

始業前の教室に健太郎の母は入っていくなり、「川井君はどこにいるの」と大声を出した。

みんな大人の声にびっくりしたようだったが、川井君は手を挙げた。

健太郎の母は、川井君に近づいていくなり、その顔面を思い切り平手で叩いた。

それから、教室中を見渡しながら、

「どうして、健太郎にだけ鬼をさせるんだ。今度、健太郎に鬼をさせたら、誰でもただじゃおかないよ」

健太郎の母は子どもたち一人ひとりに言い聞かせ、子どもたちも健太郎の母が、本気で怒っていることを知り、みんな下を向いていた。

運悪く一番強いので選ばれ、健太郎の母に叩かれた川井君は、小学生とは思えない大きな体を揺らしながら泣いていた。


かくれんぼの鬼は、その日を境にピタリと終わり、何事もなかったかのように学校は平穏となった。

たかが子どものかくれんぼの鬼ではあったが、幼い心が潰れそうになるほど追いつめられていたことを、健太郎の母は見逃さなかった。

オート三輪

日本の昭和三十年代は、高度経済成長期でもあった。

焼け野原から奇跡的に復興し、昭和三十年から四十八年に至るまで日本は、年平均一〇パーセント以上の経済成長を達成していった。

健太郎の父高橋清は、この時流に乗るように、中島飛行機の関連会社を辞めて独立していた。

腕に自信のある高橋は、独力で考えた農業用の輪転機を製作し始めた。今でいう農地を耕す耕運機で、農作業の効率化に役立つと支持を受け、事業を伸ばしていった。

健太郎は、木造の細長い工場の中で、一つひとつの部品が繋がって、段々と時間をかけて形になり、品物になっていく工程を見ているのが好きだった。

この日も、「あぶないぞ」「邪魔するな」と怒鳴られながらも健太郎は、飽きずに作業を見ていた。

工場に、大きなオート三輪が後ろ向きに入ってきて柱の前で止まった。健太郎の父が運転していた。

「こんなの運転して、すげえなあ」

何でもできる父を見ていて、健太郎は父のことを誇らしく思った。

完成した数台の輪転機は、注意深くオート三輪に積まれ、ロープで縛った後、傷つかないよう古新聞でパッキンされた。

健太郎はオート三輪の後ろで、その作業を見ていた。

積載が終わり、父は慌ただしくオート三輪の運転席に飛び乗った。勢いよくエンジンを空ぶかしすると黒煙が健太郎を襲って、「くさい」と言って健太郎は顔をそむけた。

それから間もなく、突然バリバリと柱の折れる音がした。

父は前進と後退のギアを間違え、思いきりアクセルをふかせて、バックしてしまったのだ。

慌てて運転席から飛び出した父が見たのは、後輪が折れた柱の上に乗り上げ、健太郎がその柱の下敷きになっている姿だった。

父は、「けんたろう」と大声で呼びかけたが健太郎はびくとも動かない。数人がかりで健太郎を引き出すなり、父は健太郎を抱き上げ、一目散に走り出した。

「健太郎、大丈夫か。健太郎頼む、死ぬなよ」

工場から七百メートルほど先の病院に向かって、父は健太郎を抱きながら、無我夢中で走った。何人かの社員がその後を追った。

父親からケガのいきさつについて聞き取りをした看護婦が、事故の状況について医師に報告した。

医師は、健太郎の手当てをしながら、手を休めずに看護婦の報告を聞いていた。


処置室から出てきた医師に向かって、健太郎の父は、お礼も言わずに、「先生、健太郎は大丈夫かあ」と叫んだ。

医師は、むっとした表情で、それでも一呼吸おいたあと言った。

「十二本ある肋骨のうち二本が折れて、三本にヒビがはいっている。動揺胸郭の症状が出ていて危険だが、命に別状はないと思う。たまたま柱の下敷きになったので、肋骨がこの子を守り九死に一生を得たということだろうが、柱がなければ死んでいたな。それにしても、あんた、運転免許証持っているのか。なければ、これから警察に連絡だ」

健太郎の父は、医師から強い口調で詰問されていることも忘れ、命に別状はないの一言で、「先生、ありがとうございます。ありがとうございます」と何度も言いながら平身低頭していた。

二週間ほど入院し、健太郎は退院し、自宅療養となった。

父は健太郎の枕元にきて、「よかった。お前に痛い目をあわせたのは父さんだ。お前が退院したお祝いに、なんでも欲しいものを一つ買ってやるから言ってみろ」

健太郎の父は、生涯を通して、人に謝るということができない人だった。

健太郎は、父の言葉を聞いて、間髪入れずに「テレビ」と答えた。

当時テレビは、まだほとんど普及しておらず、同じ町内で一軒あるかどうかだった。一四インチのブラウン管で、もちろん白黒、それでいて十五万円以上。庶民にとってはまさに高嶺の花だった。

健太郎の父は、事業がうまく進んでいるとはいえ、相当に無理をしただろう。

健太郎のためにテレビを買った。

この話はたちまちのうちに町内に広まった。

それからというもの、毎週水曜日、夜八時に、力道山のプロレス中継を見るために、健太郎の家には二十人以上の人々が押し寄せた。

そんな夜は、健太郎が畳に座布団をびっしり敷いて、近所の人を待つ。健太郎も父も、嬉しそうに近所の人を迎えるのだった。

その後、昭和三十四年の皇太子ご成婚をきっかけに、テレビは世の中に急速に普及していった。

初恋

昭和三十八年

健太郎と同じ高校の同級生だった町田君は、小学校から一緒で、しかも生まれつき心臓に軽い病気を持っており、夏季学校も一緒で仲が良かった。

町田君の家には、学校帰りや休みの日に、よく遊びに行った。

そこに町田君の家の三軒となりの幼なじみ、佑子が時々遊びに来た。

これまで、まともに女の子と話もしたことのない健太郎は、見て見ないような態度をとっていたが、一目見た時から、あまりの佑子の可愛さに、今でいう一目ぼれをしてしまった。人生で初めての「想い」だった。

しかし、いつも町田君と佑子が他愛のない話をしていて、健太郎は聞き役だった。

それでも健太郎は、町田君の家に行ったときに、佑子が顔を出さないと、ひどくがっかりした。

そのうち、ある日曜日に、男女十人ほどであったが、電車とバスを乗り継いで二時間、神津牧場へ行く話がまとまった。

その日はあいにくの天気で、牧場には深い霧がかかっていた。

その時、健太郎は、霧の中を初めて佑子と二人きりで、一緒に歩いた。

しばらく歩いて行くと、霧の先にブランコがあり、二人はそのブランコに揺られながら、いろいろな話をした。

戻る道、佑子が自然に手を出して、健太郎と初めて手を繋いで歩いた。健太郎にとって、女の子の手を握ったのは、学園祭のフォークダンス以来二度目だった。

健太郎の心臓はドキドキと高鳴り、その鼓動が佑子に分かってしまうのではないかと、気が気でなかった。

健太郎は、こんな心ときめく経験をしたことなど、一度もなかった。

それから、手紙をやりとりする文通が始まり、その頻度は少しずつ増していった。

健太郎にとっては、会って話すことより、手紙に書くほうが思ったことを素直に書けた。

佑子も、どんどん心の中を開いていていった。

授業が終わってから、学校帰りに逢うようにもなった。

田舎の畦道を、自転車を挟んで歩いているだけだが、すれ違う大人たちは、じろじろとなめまわすような眼差しで見るので、二人は何か悪いことでもしているような気持ちになった。

どうして、大人はこんなにいやらしい目で、自分たちを見るのだろう。

十一月の日没は四時半頃なので、五時になると辺りは暗くなった。

二人は、じろじろ見られるのは嫌なので、大きな公園の大木の下のベンチに座って、一時間ほどいろいろな話をして、最後に握手をして帰る。そんなデートだった。

二人は、今度逢うのは、記念の日だから二十三日にしようね、と約束して別れた。

十一月二十三日
今日は、地球の上空八千キロにあるアメリカの通信衛星「リレー一号」

を使って、日本とアメリカの間で、初の衛星中継放送が行われる記念すべき日だった。

アメリカは、昭和三十六年に衛星中継を、ヨーロッパと南米間で成功させていたが、その受け皿となる衛星中継電波を捉える巨大アンテナが作れず、日本は締め出されていた。

そんな中、三菱電機が直径二十メートルの自在に動くアンテナを、重量や精度など、さまざまな技術の壁を克服して、完成させたのだ。

最初の放送は、健太郎が常日頃憧れていたケネディ大統領が、日本に向かって演説をすることになっていた。

その衛星中継を通して、最初に飛び込んできたニュースは、ケネディ大統領が撃たれ、死亡したというものだった。

ケネディ大統領は、日本でもすごい人気で、特に政治に興味のない青年たちも、かっこいい若き世界の指導者が好きだった。

健太郎と佑子は、いつものベンチに座っているが、身内を失ったかのように打ちひしがれて、お互い言葉も出ない。二人ともまだ、自分たちの周りで死んだ人はいないし、「暗殺」という大事件に強いショックを受けていた。

それから、二人でとりとめのない話しをした。

そのあと、また何かを思い出して佑子は泣き出した。

ケネディ暗殺の知らせに触発されて、自分の周りのいろいろなことが、佑子をセンチにさせたのだろう。

健太郎は、佑子の頬を伝わる涙を、自分の手で拭いてあげながら、思わず佑子の唇に、瞬間的にキスをした。

佑子は驚いたように、唇を手で覆い黙っていた。

少しの間、沈黙が続いたあと、健太郎は言った。

「今日だったら一生忘れないかも」

一点を見つめていた佑子は、思い出したように、健太郎の目を見つめながら「もう一度。一生忘れないように」と言って、目を閉じた。

昭和三十八年

この年、のちに健太郎の人生に大きな影響を与える、〝飯塚事件〟が起きた。

しかし、このとき高校二年生だった健太郎にとっては、知る由もないことだった。

飯塚事件

昭和三十八年、飯塚事件が勃発した。

この年十一月十九日、関東信越国税局は、約半年に及ぶ内偵を経て、鹿沼・宇都宮両税務署から、調査官八十名を動員して、飯塚会計事務所と六市にある顧問先六十九社の一斉調査に踏み切った。

調査理由は、飯塚税理士が別段賞与による利益調節で脱税を指導したというものだった。そして国税局は、飯塚税理士の税理士法違反だけではなく、関与先企業の脱税も追及するとの厳しい姿勢で調査を開始している。

この第一次調査は、連日八十人の調査官が、飯塚会計事務所のみならず関与先を一斉に急襲するという前例のない過酷な調査だった。

第一次調査は、約一か月で終わり、二か月の調査空白期があった。

この間、激しい水面下の攻防があり、この時期こそ、事件の急展開につながる重要な時期だったのだ。

国税局は、関係する税務署長を集めて対策会議を開き、この事件を刑事問題化する方向で第二次調査の準備に着手した。

三十九年二月十三日から第二次調査が始まった。

三月十四日には、飯塚会計事務所の職員四名の逮捕という新局面を迎えた。

結局、動員された調査官は延べ二千人。怒涛の調査はこうして終了した。

四人は脱税の教唆で起訴され、裁判は昭和三十九年五月一日に始まった。

この裁判は、実に七十回もの公判が開かれた。

裁判が長期化した理由は、検察側が証拠物の開示を一部を除いて拒み、百人近い証人によって公訴事実を立証しようとしたことに大きな原因があった。

異常な裁判の長期化は、被告たちに大きな苦痛をもたらし、国会の法務委員会でも問題となり、裁判所を統括する最高裁や検察を統括する法務省も追及された。これがなければ裁判は、十年はかかったといわれた。


この頃、経済が右肩上がりで黒字企業が多かった。

ここでいう別段賞与というのは、利益の出た会社が従業員に賞与を支給し、同時に会社がそれを借入れ、五年ないしは十年後に返済するという手法の節税方法だった。

破傷風

高橋清が事業を興してから、十年が過ぎた。

もともとアイデアと技術力はあったが、農業用輪転機「みのり号」は改良に改良を重ね、市場では人気があった。

高橋は、朝早くから夜遅くまで寝る間も惜しんで働いた。

帰宅後はよく工作図面に線や数字を入れて、研究を重ねていた。

今や、工場で働く人々は六十人を超え、工場も段々に拡張されていった。

しかし、一方で高橋は人に頭を下げるのが苦手なので、お客様の相手なども、ほとんど従業員まかせだった。

時には、「買ってやるからもっと負けてくれ」などと言うお客がいると、「よそに行って買え」と追い払ってしまうほどだった。

部下に対しても元軍人のような気質丸出しで、常に命令口調で反論や抗弁など絶対に認めなかった。

社長に逆らう従業員に対しては、即座にクビを言い渡した。

最初のころから勤めている古参従業員と揉めて、解雇を言い渡したときは、見かねた妻のきいが、思い留まるように口添えしたら、「女の分際で口出しするな」と烈火のごとく怒った。

市場を見る先見性、顧客から支持を得る製品の企画力などは抜群だったが、人を使う能力、部下をいたわる包容力に欠けていた。

そんな殺伐とした企業風土の中で、社長の高橋と従業員との関係は少しずつギクシャクしていって、じわじわとではあるが抜き差しならなくなっていった。

社内の雰囲気は悪くなっていったが、高橋はそういうことに無頓着で、全く気がつかないし、気にも留めていなかった。

ある日、高橋は工場で作業中に軽いケガをしたが、いつものことで、大した手当てもしなかった。

その傷は自然に治ってしまったが、一週間ほどしてから肩が異常に強く凝り、全身の倦怠感や不眠が続いた。そのうちに口がこわばってよく開かないようになり、尋常でない症状に、病院で検査したら、破傷風と診断され、即入院となった。

破傷風はケガの傷口などから菌が入り、一定の潜伏期間をおいて発症し、死亡率が五〇%と高い危険な病気で、ひどくなると呼吸筋や声門の痙攣で死に至るが、意識は最後まで冒されないので、最悪の病気として恐れられていた。

幸いに高橋は一か月の入院の仕儀とはなったが、大事には至らなかった。

社長高橋の入院をきっかけに、これまで気兼ねしていた従業員は、おおっぴらに集会を開き、これまでの社長の独断と非民主的経営を仲間内で糾弾するようになった。

従業員たちは、集会の度に、これまでに鬱積した社長に対する不満を口に出すようになり、話すことによって発散していたのだが、次第に爆発寸前のマグマだまりのようになっていった。

そのうちに、従業員でない外部の人間まで集会に参加するようになり、集会をリードし盛り上げ、こんなひどい会社はないと扇動していた。

度重なる集会の後に、従業員たちは精神的に最も高揚した状況下で、社長に対する要求事項を決めた。

従業員の代表は、病院に出向いて、ほぼ全快に向かっていた社長に、要求書を手渡した。

そこに書かれていたのは、次の二点であった。
一、今後、人事を含め重要な経営問題については、社長と社員代表四人のあわせて五人の合議制で決めること。
一、大幅な賃上げと労働時間の短縮を図ること。

社長の高橋は読み終えるなり、枕元にあった自分の湯呑み茶碗を、従業員の代表に向かって投げつけ、「出ていけ。全員クビだ」と大声で叫んだ。

従業員の代表は、驚き慌てて飛び出していった。

高橋は、すぐに看護婦を呼び、今から退院すると言った。看護婦が先生と相談してくると言ったが、すでに高橋は、もう病室を出るところだった。

退院してまっすぐに工場に駆けつけたが、工場のあちこちに赤旗が何本も立てられていた。高橋は、そこにいた従業員に向かって、「なんでここにいるんだ。全員クビだと言ったろう」と、喚きながら、そこら辺にあった鉄棒を振り回しながら、追い掛け回し、とうとう一人残らず従業員を工場の外に追い出し、門を閉めてしまった。

従業員たちは、余りにも社長の性格、性分を見誤っていた。

これほどに大きくなった会社を社長一人でやれる訳がない。全員が団結して要求すれば、会社が大事の社長は、必ず折れると読んでいた。

しかし、高橋はそんなに柔な男ではなかった。

「重要な経営問題を社員と合議制で決めるなどという戯言を認めるくらいなら、会社を潰したほうがましだ」

すべての知恵と情熱を傾け、一心不乱に事業に打ち込んできた高橋にとって、何をおいても許せなかったのは、自分が入院しているという弱みにつけ込んで、徒党を組んで要求してくる卑怯さに見境を失ったのだ。

数日して、何人かの従業員がやってきた。あの要求は外から来た男に、そそのかされたもので、自分たちの本心ではなかった。口を揃えて、職場に復帰したい旨申し出てきたが、高橋は断じて許さなかった。

高橋は、工場の門を閉め、妻のきいと意地になって働いていたが、六十人の規模となっていた会社を二人で切り盛りできるはずがない。

そのうち、従業員たちは、解雇無効と未払い賃金の支払いを求める訴訟を起こした。

代理人弁護士は、労働争議を専門としていた。

訴状を受け取った社長の高橋は、怒りに震えた。

「人が入院しているときに、泥棒猫みたいな真似しやがって、赤旗を振ってる連中に頭を下げて、媚びを売るくらいなら死んだほうがましだ」

高橋の頭に、「妥協」の言葉など存在しない。

こうして、高橋は躊躇なくというか、迷うことなく、あるいは激情のおもむくままに自分が興した会社を潰してしまったのだ。

高橋の弱点をカバーしてくれる側近が一人もいなかった。というより、育てられなかったことは、結果的に高橋を孤立させ、致命傷となった。

つい最近まであれほどに隆盛だった高橋の事業は、経営不振とは関係なく、労働争議によってあっけなく破綻した。

高橋清は自宅に帰り、妻のきいに「仕事が駄目になった。この家からも出ていかねばならんだろう」とひとこと言ったきり。もちろん謝ったりはしない。

ある程度、事態の成り行きを悟っていたきいは、「お父さん。また、いちからやり直しですね。でも、私や子どもたちは一緒ですから」

きいは、清が今までもそうだったように、一度言い出したら自分の思った通りにして、人の話など聞かないことを知り尽くしていた。

「どうせお父さんが作ったもの。それをまた自分で壊して、いつまでたっても子どものようなお父さん」

きいは、独り言を言いながらも達観していた。

結局、従業員との話し合いなど一度もなかった。

かくして、高橋家は家屋敷を失い、無一文となった。

工場は銀行経由で人手に渡った。

社員は路頭に迷い、一銭の退職金も取れなかった。

手紙

健太郎は、明治大学に入学し、母の実姉がやっていた北区上十条のアパートに下宿していた。

大学は、再び学生運動で騒然としてきたが、健太郎は全共闘にある程度共感しながらも、典型的なノンポリで、普通の学生生活をつつましく送っていた。

ある夜、実家の母から大家経由で長い電話があり、父の会社が倒産に至るまでの話を聞かされた。

このとき健太郎は、突然の話に戸惑ったが、「そうかあ、親父の商売、駄目になったのかあ」程度の感想しか湧かなかった。

しかし、健太郎はこの知らせが自分の学生生活を直撃することを、間もなく実感することとなった。実家からの仕送りがプツンと止まってしまったのだ。

「そうか。母さんはあんなに長い電話をよこしたけど、お金のことを最後まで言い出せなかったのだなあ」と、健太郎は理解した。

ようやく事態の深刻さを知った健太郎は、働かないと食えない、学校にも行けなくなるということが分かってきた。

生活費や学費の不足分を補うためにアルバイトをするのではなく、生活そのもの全部を、稼ぐためにアルバイトをして、学校にも行かねばならない。

　これまでのぬるま湯の生活は一変し、健太郎はアワを食ってアルバイト探しをした。

　お金になるアルバイトは、みな肉体労働で、一日千円にもなった。しかし、体力に自信のない健太郎には、きつ過ぎてなかなか長続きしない。転々といろいろなアルバイトをした。


　大学入学が決まり、東京に出てくるときに、二番目の姉さんが、銀行に並んで買い込んだ、東京オリンピックの百円記念硬貨を、どういうわけか、百枚ほど餞別だといって健太郎に持たせてくれたが、健太郎は上京後しまい込んだまますっかり忘れていた。

　大学も二年が過ぎ、奨学金ももらえるようになった。体力的に弱い健太郎にとって、大学と仕事の両立は厳しかったが、何とか踏ん張っていた。

三年になれば、授業も少し楽になるが、今が一番きつかった。アルバイト代の入金が遅れ金銭的にピンチとなった時、健太郎は、突然姉からの記念硬貨のことを思い出した。

健太郎は、とうとうピカピカのオリンピック記念硬貨で、食材を買うようになった。

「姉さんには悪いけど、しょうがないよな。姉さんだって、こんな時のためにきっと持たせてくれたんだ」

そう自分に言い聞かせながら、八百屋のおばさんに、ピカピカの硬貨三枚を出すと、「この記念硬貨、使っていいの?」と念を押された。

「いいんだよ、いっぱいあるから」

健太郎はそう答えたが、後ろめたさと惨めさがいっぺんにやってきた。

健太郎は人生で初めて、貧乏は嫌だなあと実感した。

アルバイト代と生活費のせめぎ合いは続いたが、一万円ほどあったオリンピック硬貨もいよいよ底をついてきた。

やっぱり少しは実家から仕送りを受けなければどうやっても苦しい。来週の休みに田舎に帰って少しもらって来よう。

そう健太郎が考えていた矢先に手紙が届いた。

一目見てわかる母からの手紙。懐かしかった。

「健太郎
元気にやっていますか。いま、家の生活がとても苦しいです。毎日毎日が、ぎりぎりです。父さんのお酒も買えません。父さんはあんなに好きなお酒をしばらく飲んでいません。あんな広い家から移って、質屋に入れるものもなくなって、入れたのはみんな質流れしてしまいました。でも、父さんも母さんも負けません。世間から、後ろ指をさされることはしません。今日親戚の後閑から五千円借りてきました。毎日朝おきると、健太郎のことを考えています。からだの弱い健太郎のことを、毎日心配しています。

ちゃんと食べているだろうか。心配です。いまは、これしか送れないでごめんね。なにか買って栄養つけてください。思うように仕送りできない母さんのこと許してください」


封筒の中には、よれよれの千円札がたった一枚入っていた。

健太郎は、読み終えるなり声をあげて泣いた。

「母さん。ありがとう。俺だって負けるもんか」

健太郎は、その後の人生の節々に、一人この手紙を取り出しては読んだ。

健太郎を支える、母からの大切な贈り物だった。

大学紛争

いわゆる六十年安保の時に比べれば、全国的に学生運動は下火となっていった。ほとんどの学生はノンポリだった。

ノンポリとは、「ノンポリテカル」の略で学生運動に参加しなかった学生を指す用語であったが、政治問題に関心があってもセクト化・過激化していった学生運動を嫌い特定の党派に属することを拒否した学生などもノンポリには含まれていた。

いずれかの過激なセクトに属する学生は、他人事のように無関心な大多数のノンポリのことをいつもバカにしていた。

健太郎は、ノンポリでも後者の方だったので、過激セクト所属の学生と政府やアメリカ、大学当局を糾弾する派手で下品な内容の描かれた大看板の前で、よく口論をしていた。

しかし、仕送りが途絶えてからは、それどころではなくなり、余裕も時間もなく、過激派学生と、とりとめのない議論などしなくなって素通りしていた。

この頃、比較的学生運動が激しかったのは、早稲田、明治、中央、法政だった。特に明治、中央は駿河台のそれぞれ隣り合わせだったので、毎日のように騒然としていた。

最初に火をつけたのは早稲田で、のちの全共闘運動爆発の先駆けとなるいわゆる「早大闘争」が起こった。

昭和四十三年六月二十一日

健太郎は、明治大学七号館から駿河台の大通りに出てきたが、その通りには、頭を手拭いで巻いて顔を覆面している、いつものいでたちの数多くの活動家ばかりでなく、一般の人やノンポリ学生で道路が溢れていた。

その理由は、大通りの二か所に、明治、中央から持ち出された机、椅子などであっという間に、バリケードがうず高く積まれて大通りは封鎖され、袋小路のようになっていたため人々は歩道から車道にはみ出ていったのだ。

大学紛争

駿河台の大通りは、緩やかな坂道になっており、坂下が神田方面、坂上が御茶ノ水駅だった。

神田方面から坂上に向かって、紺色の大集団が規律正しく軍隊のように、こっちに向かってくる。

乱闘服に身を包んだ警察機動隊だった。

バリケードに張り付いていた数百人の過激派活動家たちは、機動隊に向かって一斉に投石を始め、火炎瓶を投げた。

それを待っていたかのように、機動隊は催涙ガスを発射した。

駿河台の大通りを埋め尽くした群衆の中に、音もなく白煙が広がり、たちまち辺り一面霧が立ち込めたように視界が消えた。

催涙ガスはS型と呼ばれ、スモークの略である。爆発・破裂はしないで催涙ガスを噴くタイプのもので、化学合成ガスが封入されている。このガスを吸うと目や鼻にたちまち侵入し、咳、クシャミ、落涙、嘔吐などが止まらなくなる。

群衆は、蜘蛛の子を散らすように逃げまどい、辺りは騒然として大混乱に陥った。

二か所のバリケード付近では、一時的に激しい攻防戦があったが、機動隊はバリケードを突破し、盾で身を守りながら、学生に対して棍棒を振り回していた。

機動隊も学生も恐ろしいほど殺気立ち、死者が出ないのが不思議なくらいだった。

大勢の過激派活動家が検挙され、連行されたこの日の事件は、のちに「神田カルチェ・ラタン闘争」と呼ばれた。

健太郎も催涙ガスをしこたま吸い込んだが、御茶ノ水駅から国電に乗った。

一緒に乗車した人々は、一様にハンカチで口を覆い、涙を拭きながら激しい咳をしている。

お茶ノ水より前から乗っていた乗客は驚いたようにその光景を眺めていた。

健太郎は、活動家とは完全に一線を画しているノンポリだったが、機動隊に袋叩きされ、血を流す学生たちを目のあたりにして、親しい仲間がやられたような気持ちになって、機動隊に対して激しい怒りを覚えた。

大学紛争の最終局面は、昭和四十四年の東大安田講堂事件だった。

この頃、全共闘の学生達は、大学当局との団交で自分たちの主張を唱え、それが認められない場合は大学構内をバリケード封鎖するというのが常套手段だった。

しかし、それも徐々に下火となっていったが、全共闘は最後の砦として、東大安田講堂に籠った。

大学当局の要請に基づいて機動隊が動いた。警視庁は、八個機動隊八千人を動員して排除にかかったが、強固なバリケードと、上部階からの火炎瓶や五十センチ大もある敷石の投石、ガソリンや硫酸などの劇物の散布など予想以上の抵抗に遭って、これだけの人数の機動隊を動員しても一日では片が付かなかった。

翌日の午後になって、ようやく封鎖は解除されたが、機動隊員も多数が負傷した。

学生ら六六三名が検挙されたが、ほとんどは他大学から遠征してきた過激派で、東大生はそのうち僅か三八名しかいなかった。

背景

飯塚事件は、どうして起きたのか。

その隠れている裏面は何だったのかを考えないと、在野の一税理士に対して国家権力を総動員してまで、潰しにかかるという所業は説明できないだろう。

税理士という職業は、税理士法にもとづいて、かつては大蔵省、今では財務省の管轄下で仕事をする専門家である。

しかし、昭和三十年代、四十年代では、税務署の下請け的な立場にあり、当然に税務署に対して従属的な意味合いも強かった。

だから、税法よりも話し合い、悪くいえば談合が日常的で、税務当局側からすれば、俺たちが税理士を食わせてやっているという意識が、多分にあったと推察される。

ところが飯塚毅は違った。税理士の突然変異が生まれてしまったのだ。飯塚は、自分の顧客である外国人の更正処分について税務署に行って、その理由を尋ねたところ、税務署から国税局、国税局から国税庁と、たらい回しにされ、行き着いたのが、この処分の発令者である大蔵省主税局、東大卒のエリート官僚、武藤大吾のところであった。

飯塚はここで武藤と三十分にわたり激しい議論をした後、役所側内部は協議を行い武藤の主張は退けられた。

その後も武藤は順調に昇進を続けたが、メンツ丸つぶれにした飯塚に対してその後も、折にふれて「生涯の恨み」を口にしていたのだ。

エリート意識の染みついた武藤にとって、一介の税理士・公認会計士にコケにされることなどあり得ないことであり、「絶対に許さない」と、思ったことは想像に難くない。

飯塚の税法に対する見解は、豊富な研究、学習の結果、育まれたものだった。必要があれば、比較税法学的観点から欧米諸国の原典を引用しての税法解釈は、しばしば国税庁の俊英をたじろがせる程の鋭さを持っていた。

会計事務所の業務を法律業務と認識し、租税法律主義の立場で論陣を張る飯塚の欧米的・近代的な職業会計人に近い姿は、この頃の事大主義で官民なれ合い的税理士業界からみれば異端児であり、当局からすれば慣行を無視する目障りな存在であった。

飯塚は談合でことを解決する態度など見せたことはなく、税務当局との理論闘争で敗れた事績もない。

加えて、当局の癇に障る刺激的な表現を使い、徹頭徹尾当局の感情を害してきた。

「なまいきな奴だ、誰だって叩けば埃が出るんだ、やっちまえ」

こうして、国税当局は全力を挙げて飯塚を叩くという方向に決まったのだ。

その指揮を執ったのは、関東信越国税局直税部長になっていた、あの武藤大吾であった。

飯塚事件は、私憤に始まり、この時代の税理士という職業のあまりの社会的地位の低さ、そして飯塚毅という男の、並はずれた学識とその強烈な個性などが、複合的な結晶となって引き起こされたきわめて特異な事件であったともいえる。

飯塚自身の逮捕の可能性が高まるなか、飯塚は自宅に戻らず、ホテルを転々としながら、事件に対してあらゆる手を打っていた。

飯塚の会計事務所では、検察の家宅捜索が続き、飯塚は孤立無援の状況にあった。飯塚毅の長男真玄は、早稲田の学生だったが、父の籠るホテルを尋ね、父に手紙を渡した。

「真玄の手紙

お父さん、今度の事務所の危機に際して、新聞などで色々言われていますが、僕はお父さんがそんな間違ったことをする筈がないことを知っています。お父さんはどんな小さな嘘やごまかしも許すことができない人です。何かの間違いでお父さんのまごころが通じず、たとえ人を敵に回すことになったとしても、僕たち家族は最後までお父さんの味方です。

また、今度の事件で、僕はお母さんがどんなに素晴らしいひとであるかも知ることができました。

母として子どもたちを暖かく包み込み、時には厳しく育んでくれるお母さん。妻としてどれほど夫に尽くし、夫を信頼しているかはお父さんが一番ご存知だと思います。

こんな素晴らしい家庭を神が壊すわけはありません。

今はどんなに辛くても、いつかはきっと分かってもらえる日が来ます。

僕はお父さんがどんな困難にあっても、正義と確信をもって最善の努力をし、決して挫けることがないのを知っています。

僕はそんなお父さんの息子でいられることを何よりも誇りに思っています。

一九六四年四月八日　　真玄」

後に飯塚毅は、自らの著書の中にこう書いている。

「激動の最中に、早稲田に学ぶ長男から、父を信ずるとの手紙がきた。著者は男泣きした。家庭は筆者の正義感に絶対の信をおいてくれていた」

その後、飯塚事件は、国会議員をも巻き込んで国会でも集中審議されるに至った。

もとより、無理筋の事案を権力動員によって強引に進めたわけであるから、事の次第が明らかになるにつれ、国税庁側は分が悪くなっていったが、四人の被告人に対する裁判は延々と続いていた。

判決

昭和四十五年十一月十一日

この日、飯塚毅は東北税理士会主催のセミナーのため仙台で講演していた。

一時間ほどいつものように熱弁を振るい、降壇して控えの椅子に腰を下ろしかけた飯塚に、女性事務員が近寄って、耳打ちした。

「鹿沼事務所からお電話がかかっていますが」

「ありがとうございます」

飯塚は事務所に急ぎ、受話器を耳に押し当てた。

「もしもし、飯塚ですが」

「所長、宇都宮地裁の判決が出ました。全員無罪です」

「そうか。よかったな」

「家内に連絡してくれたか」

「はい。たったいま、別の者が茅ヶ崎のお宅に電話をかけ、奥様に直接お伝えしました」

「そうか、ありがとう」


飯塚毅の妻るな子は、鹿沼事務所から無罪判決の電話連絡を受けた時、これまでの長い緊張から解放され、脱力感に襲われ、そこに座り込んでしまった。

ふと我に返り、思い立って外出した。

るな子は、近所の花屋に行って真紅の薔薇二十本を買い求め、家に戻って、時間をかけて丁寧に棘を抜いた。

明日は薔薇の冠を
君が頭に捧げなん
君がみそばにひざまずき
我が寿ぎを捧げなん

るな子

判決

宇都宮地方検察庁は、強制捜査をするまで一回も飯塚税理士や職員から、事情聴取をしていない。

このような過程の捜査は、当初からその狙いが飯塚税理士に向けられていたことは明らかである。

しかし、飯塚税理士が直接顧問先の納税申告の指導をしていないために、まず職員を逮捕し、その自供によって外堀を埋めたうえで飯塚逮捕を得ようと考えたのだ。

裁判所は判決で次のように述べている。

「被告人らは、昭和三十九年五月一日保釈許可により釈放されるまで四十七日間にわたり勾留されたが、その拘束中の各被告人らに対する検察官の取調べは、長期間にわたって被告人らの睡眠の補充、休養について特段の配慮を加えないまま、ほぼ連日連夜にわたって続けられ、甚だしきは深更十時を過ぎること、証拠により明白に認められるだけでも被告人林につき十回、被告人古木につき一回、被告人多田につき六回に達し、時には同被告人につき午前零時過ぎに至ったことさえもあり、しかも執拗な理詰による追及がなされるなど異常な状況またはその影響の継続する状況のもとにおいてなされたものと認むべきである」

このような検察の手荒い取り調べを受けてもなお、誰一人偽証をする者はいなかった。人間は弱いもので、そこまで権力に脅され迫害されたら、一人くらいは落ちてもおかしくない。

しかし、日常的に飯塚毅という人間が、いかに正義を守る人かということを、骨の髄まで見てきた四人の被告人にとって、「飯塚所長に言われてやりました」などと嘘の証言をすることはできなかっただろう。

飯塚毅という人間に、もし一点の曇りでもあれば、四人の誰かの口から偽証、そして飯塚逮捕の事態は起こりえたかも知れない。

社会人

昭和四十五年

高橋健太郎は明治大学を卒業し、在日イギリス商社に入社した。

日本の本社機能は丸ノ内にあったが、健太郎が配属されたのは虎ノ門の事務機械事業部だった。

当時はまだいわゆるコンピュータは殆ど普及していなかったが、その走りといえる機器類は出ていた。そのほとんどは欧米製で、国産は太刀打ちできなかった。

この商社の部門は、アメリカ製のタイプライター「アンダーウッド」、文字の打点部がくるくると回転する最新鋭機だ。会計機はドイツの「キンツレー」、アメリカの「フリーデン」など、時代の最先端商品を扱う営業部隊だった。

会社の歴史や、取り扱う商品の詳しい知識、営業の仕方などを学ぶ、二か月の新人研修期間が終わり、辞令代わりに各人に名刺が渡された。ユニオンジャックのカラーフラッグが、名刺の肩に印刷されていて格好良かった。表が日本語、裏は英語だった。

健太郎の肩書は裏面に「セールス・リプレゼンタテブ」と書いてある。そうかあ、俺は代表者なのだ。などと仲間と話し他愛もなく喜んでいた。

それから数か月は先輩に同行し、現場の生のセールスを勉強する。どこの会社に行っても、イギリスの会社ということで、受付などでも印象が良かった。

真夏の頃からはいよいよ独り立ちして、営業の最前線に出る。

自分だけが頼りの一匹狼の世界である。

会社は完全テリトリー制で自分が担当する区域は、あらかじめ決められていた。先輩の社員は、丸ノ内だけ、大手町だけ、あるいは中央区だけと極めて狭いテリトリーが担当だった。

それに引き換え、健太郎に割り当てられた区域は、江東区、江戸川区、葛飾区、荒川区と広大だった。

「この会社は新人に甘い会社なのかなあ」

甘いのは健太郎のほうだということが、後ですぐに分かった。

丸ノ内、大手町などをテリトリーとする先輩のところには、朝早くから商品の照会やら見積書の提出依頼など頻繁に電話が入り、忙しく出かけていく。

東京駅近辺の丸ノ内、大手町、そして港区などには、日本を代表する会社の本社機能があり、その本社を通していろいろなものが発注される仕組みになっている。健太郎は待っていても電話など来ないので、足で稼ごうと自分の担当区域を回り始めた。

下町で、商店や町工場はたくさんあり賑やかだが、肝心の最新鋭の英文字タイプライターなんてどこを探したって売れそうにない。大きそうなビルがあれば必ず飛び込んでいったが、成果は上がらなかった。

当時から外資系企業では、一部固定給で三分の二くらいはコミッションだったので、健太郎の給料は先輩の半分もなかった。先輩が辞めたり、極端に成績が落ちなければ、あのおいしいテリトリーは健太郎とは無縁だった。

しかし、この苦境を何とかしなければならない。

健太郎が考えたのは、過去どんなに古くても、一回でも取引のあった顧客企業を、しらみつぶしに訪問すること。

大学のコネは無理なので、田舎から高校の同窓会名簿を取り寄せ、偉くなっている人を探す。この二点だった。

同窓会名簿を調べて、出世しているような先輩を探して訪問することにした。

何人か訪問した後、大きな出会いが待っていた。

日本繊維業協会、専務理事兼事務局長、斎藤和夫。この先輩は健太郎より三十五歳以上も年上だった。この協会の所在地は中央区にあり担当区域外だった。

面識もなく、予約もしないで、ただ高校の後輩だということで、よく会ってくれたと思う。

健太郎は、斎藤先輩に入社以来の出来事や会社の仕組みなどを、つぶさに話をしたが、先輩はよく聞いてくれた。

最後に、できればこの協会に所属する担当区域内の会社を、紹介して頂きたいと率直にお願いした。

先輩は最後まで聞いてくれた後「いやあ、僕の青春時代を思い出したよ。いいなあ、若くて怖いもの知らずで。明後日の三時にもう一度来なさい」

約束の日時に訪問すると、相手の氏名が記載された三通の紹介状を渡してくれた。いずれも全く繊維の協会とは無関係だった。

「ここに連絡先を書いといた。今度は必ず事前に電話して、予約してから行きなさい。私の名前をいえば会ってくれるはずだ」

その後、このうちの二社にアメリカ製の会計機フリーデンの成約がなった。さらにその一社からは新たな企業も紹介いただいた。

斎藤先輩の応援、口利きあっての成約であったことは言うまでもないことだった。

健太郎は、すぐに斎藤先輩を尋ねお礼の報告をした。

先輩は嬉しそうに、「挫けずに頑張れよ」と健太郎を励ましてくれた。


健太郎の会社は、当時から週休二日制で土曜日が休みだった。

健太郎は休みを利用して、カストマーズカードの閲覧許可を得て、テリトリー内の過去の受注状況を隈なく調べ、書き写していた。

そこに、休みのためラフな服装の、アメリカ人のプロダクトマネージャーと通訳兼秘書の女性が通りがかり、何をしているのだと聞いた。

健太郎は、成績不振なので、古い顧客をもう一度洗い直し、訪問するために調べているのだと話したら、にっこり笑ってグッドラック。

それから数日して、上司に呼ばれ、テリトリーに横浜、川崎以外の神奈川県を加えると言われた。

「どういう訳かよく分からないが、君のテリトリーは貧弱だから加えろと、プロダクトマネジャー直々の指示だったよ」

健太郎は忙しくなった。東京から神奈川に毎日のように通った。

神奈川といっても中核の横浜と川崎はすでに先輩のテリトリーのため除かれているので、いわば神奈川の田舎回りだ。それがやたらと広く、移動するにも時間がかかるのだ。

帰宅はほとんど夜中近くになった。


午前零時。ラジオのFM東京でフランク・プールセル演奏のミスター・ロンリーに乗って、「ジェット・ストリーム」が始まる。

疲れ切った体を横たえ、目を閉じると、イージーリスニングのメロディが流れるなか、城達也が「紺碧の海が広がる地中海のニース、コートダジユールの海辺では」などと、見知らぬヨーロッパの旅にいざなってくれる。

海外旅行なんて夢のまた夢だけれど、「俺だっていつかは外国に、いつかは乗るぞトヨタのクラウンに」
そんな見果てぬ夢うつつの中で、健太郎は眠りに落ちていく。

神奈川のテリトリー追加は健太郎に幸運をもたらした。横須賀の米海軍基地からは大量のタイプライターが、日産の追浜工場からも大きな受注を受けた。

健太郎は、自らが行動に移さねば何も起きないということを、社会人となって身をもって学んだ。

健太郎の社会人としての第一歩が営業活動だったので、自分の活動を行動的にするという面では非常に役に立った。

しかし、健太郎の内面に自由業を目指そうという思いは以前から芽生えていた。

高校は商業で、大学は経済なので、将来は税理士試験を受けたいとの潜在意識を持っていた。

そんなこともあり、それなりの決心をして健太郎は、三年勤めた商社を退職して、新宿の公認会計士の事務所に再就職した。

公認会計士事務所といっても、業務のほぼすべては税理士の仕事をしていた。

お客さんの取引を、コクヨの仕訳伝票に起票して、試算表を作るのが大部分の仕事だった。ツケペンにインクボトルのインクをつけて記帳していく。ペンは書き込むにつれて書きやすくなっていくが、次第に太くなりすぎて新しいのに取り替える。

職員は、まだみんな算盤を使っていた。足し算、引き算は電卓よりも算盤の方が早いのだ。

健太郎は商社で欧米の会計機などを売っていたし、タイプもロール式の新鋭機だ。それに引き換え、会計事務所の邦文タイプライターは、漢字を一文字ずつ探しに行って、それを拾って掴んで持ってくる型だったので、会計事務所の業務はひどく遅れている感想を持った。

仕訳伝票の金額を借方、貸方ごとに大きな集計用紙に転記して、これをもとに試算表を作っていく。借方、貸方は勘定科目ごとに間違いなく集計したはずだが、これがなかなか合わない。ひどいときは、合わない一円を合わせるのに一日かかったりした。

自分で一円出すから勘弁して、と言いたくなった。

この事務所に三十年勤めている所長代理の安田さんは、穏やかな人柄で、この事務所全体の大黒柱だった。ペンと算盤の使い方が、流れるようで無駄がなく、仕事は早く正確で、まさに名人芸の役者を見ているようだった。

健太郎はいろいろなことを安田さんから教えてもらい、二年目には申告書の別表までかけるようになった。

会計事務所はペンと算盤を使った起票代行、記帳代行の仕事が中心だった。

起票と記帳、元帳転記と試算表、決算修正と申告書。

職員の誰もが、お客さんの会社に出かけていくのはほとんど皆無で、お客さんがみんな事務所にやってきた。

お客さんが「お世話になります」と言いながら顧問料を事務所に届けに来た。

事務所では「ありがとうございます」ではなく「ご苦労様」と言った。

健太郎が漠然と抱いていた会計事務所の仕事は、もう少し積極的でやりがいのあるものだと思っていた。

帰郷

高橋家では、三人の娘がみな保母資格をとって、それぞれ保育園に勤め、先生をしていた。

高橋清は、娘たちがみな保母なのだから保育園をやろうと言い出した。行動力だけはだれにも負けない。そのうちに、民家の一部を借りて、娘たちと無認可の保育園を始めた。

無認可保育園は補助金などの公的支援もなく、親からの保育料だけで運営しているので、子どもたちの環境もあまり良くなく、働く職員の処遇も悪かった。

しかし、大変であればあるほど、やっているうちに子どもたちへの愛情は湧き、父と三人の娘たちはみんなやりがいと情熱を持って保育に体当たりしていた。

三年が経ち、そうした日常が認められたのか、行政から認可保育園にしないかという打診があった。

それには、一定の資金を用意して社会福祉法人を設立し、土地を探し、園舎を建築しなければならない。

乗り越えなければならない課題は山積していた。

高橋清は技術畑の出身だったので、メカは強いが、事務的、会計的仕事は、からっきし苦手だった。

健太郎は、父からいろいろ相談を受けるので、休みの日には東京から実家に帰り、社会福祉法人の認可を受けるまでの諸々の事務的準備などを手伝っていた。

「お前は会計事務所に勤めていて、これからどうするんだ」

「いずれは税理士の資格を取って独立したいと思っています」

「勉強はしているのか」

「仕事を覚える勉強はしているけど、忙しくてなかなか試験勉強までは手が回らないのです」

そんなやりとりをしているうちに、なんとなく父親が、健太郎を必要としているのは感じるが、それを父親はおくびにも出さない。

健太郎は、自分自身に語りかけるように、「保育園の仕事を手伝いながら、税理士試験の勉強をするかな」と、言ったのだ。

するとと父親は、思いがけず健太郎にとって誘惑に満ちたことをさりげなく言った。

「保育園の仕事さえきちんとすれば、昼間からたっぷり勉強できるぞ」

「それに仕事のない日は朝から勉強できるしな」

その一言で、健太郎は躊躇なく、「よろしくお願いします」と言ってしまった。

こうして、健太郎は、東京の会計事務所を退職し帰郷した。

図書館

戦争中、火薬工場だった東国の森は、戦後都市公園として整備された。公園内に約四ヘクタールある芝生広場や、子ども達のための、わんぱくの丘などが広がっているが、その広場を囲むように、シラカシやオニグルミ、エノキ、コナラなどの大樹がそびえ、鬱蒼とした森を形成している。

樹齢数百年の大木がこれほど密集して残されていること自体貴重で、森の奥の細道は、木漏れ日で溢れていて、広場の子供たちの喧騒など全く聞こえないのは、この森の奥深さを物語っているようだ。

この東国の森の傍らに、美術館、博物館、そして図書館がある。

働きながら税理士試験の受験勉強に入った健太郎は、この図書館によく通い、受験勉強に疲れると、森のなかを歩いた。

特に健太郎のお気に入りは、大きなクスノキの下にあるベンチだった。そのベンチに横になって空を見上げると、クスノキの大木の枝や葉が上の方で大きく広がり、ちっぽけな人間なんてみんな包み込んでくれるようで、健太郎はこの場所が好きだった。

図書館では時々本を借りて読むこともあった。

そこで、偶然手にしたのが『税務署への告発状』だった。

この本を読んで健太郎は、初めて〝飯塚事件〟を知った。

この本は、飯塚事件を通して、いかに権力の暴走、権力の乱用がひどいものか、著者は赤裸々に鋭く激烈に、しかも強い反体制的色合いで描かれていた。

健太郎はこんなことが起こり得るとは、信じられなかった。

しかし、もっと驚いたのは、この事件の主人公、飯塚毅が書いたこの本の「あとがき」だったのだ。

そのあとがきには次のようなことが書いてあった。

昭和四十五年十一月十一日の判決で、国側は完全な敗訴と決まった。さあこの約束からすれば、今度は私が原告となり、武藤大吾を被告として争う番である。果たせるかな、学会、業界からは矢のような催促が手許にきた。損害賠償、名誉棄損、謝罪広告等を請求する訴訟を出せ、出さねばお前は男ではないぞ、といった調子である。だがここが思案のしどころである。植木義雄老師が生きておられたら、何といわれるだろうか。「汝の怨念と約束とを貫いて、彼の官僚としての息の根を止めることに全力を掛けよ」といわれるか。それとも、「飯塚よ、宗祖臨済の教えに聞け、相手の一切を許して、超越底に生きよ」といわれるか。かつて、ハロルド・ラスキは「憎悪の子は憎悪でしかない」として、現代共産主義の理論を退けたことがある。憎悪にたいするに憎悪を以ってするか。愛をもってするか。孔孟の説に従うか、荘子の言に耳を傾けるか、である。私は、声なき老師の親言に従い、宗祖臨済や荘子の生き方に従うことにした。それはひょっとすると、この本の著者のいきかたと離反することになるかもしれない。もし、相違するとすれば、それは、住む世界の相違、つまり世界観の相違ということになるのかも知れない。今から見れば、人生一片の絵模様に過ぎないが、著者の筆を通して、読者は、飯塚事件の激烈さを、ひしと感得されるに違いない。その真相が、いかに無残であり、職権乱用に満ちていたかを知って驚かれるであろう。しかし、現実の人間の歴史は、多かれ少なかれ、こういう生々しい七花八裂の場を経て、刻まれてゆくのではあるまいか。

三十歳の高橋健太郎には、この飯塚毅さんの気持ちが何度読んでも理解できない。

憎悪に対して愛をもって迎えるなんて、ほんとにできるのだろうか。修羅場を踏んだ人なのに、なぜこんな他人事のように、冷静沈着なのだろう。

あれほど体制に苛められたのに、反体制にはならないといっている。

凄いなあ、こんな人が世の中にはいるのかあ。

なにかこの人は尋常ではない。ただ者じゃないのだ。

自分が将来目指している職業の人なのに、まるで別世界にいる人のように思えた。
健太郎の三十歳の思考力では到底理解することができなかった。

この図書館に、毎朝決まったように出勤する常連の男たちがいる。石井哲、八木誠一、野田和夫、小沢宏、中山進、いずれも司法試験の受験生だった。

司法試験は、その異常なまでの高度の内容と合格率の低さ、合格までに要する年数の長さから、「国家試験の最難関」「現代の科挙」などと言われていたが、裁判官、検事、弁護士になろうとする者は原則、この試験を受けなければならない。

だから、司法試験に挑戦しようと決断すること自体が、大きな賭けだった。選りすぐりの秀英のなかで、失敗する人のほうがはるかに多く、場合によっては青春時代そのものを失うこととなってしまうからである。

五年も、あるいは十年も、無収入で猛烈に受験勉強をした後に撤退することになれば、これまでの自分の努力が水泡に帰することに等しいのだ。それは、どんな試験でもそうだが、長い期間かかる試験には必ずついて回る宿命でもあるだろう。

税理士試験も難関だが、五科目のうち合格した科目については、以後の試験が免除されるので、働きながらコツコツと長期戦で戦えるところが、司法試験とは決定的に違っているところだ。

この頃、つまり昭和五十年代の前半、司法試験の受験者は毎年約三万人だった。そのうち、短答式試験の合格者が約一割。最難関の論文式合格者は更にその一五%程度の五百人ほどである。論文式試験の合格者には口述試験があり、最終合格者が決まる。

図書館の大きな広々とした閲覧室で、主のような五人が座る席は、みんなバラバラに離れているが、それぞれの席は決まっている。他の利用者がその席に座ることは許されなかったし、隣りに座ることも憚られた。知らない利用者がたまたま座っても、五人の一人に肩を叩かれ移動させられた。公共施設ではあったが、五人にとっては長い習慣で、いつもと違う席に座ることは、違和感があって落ち着かない。いわば「ぬし優先席」のようなものだった。皆ひとたび席に着けば、ほぼ三時間は席を立たなかった。

図書館の主たちと、いつの間にか友人となった健太郎は、とても三時間集中することはできず、精々二時間ほどでいつも席を立った。

地下の喫茶室でコーヒーを飲んでいると、やがて司法試験組が一人、二人と小休止のためにやってくる。

喫茶室のおばちゃんは、もう長いこと顔なじみなので、司法試験組が普段お金を持っていないのは先刻承知だった。注文などを取ったことは一度もなく、いつも黙って自分が持参したお茶を出していた。

五人の素浪人は、それが当たり前のように、おいしそうに飲んでいた。

図書館組の五人のうち、八木と野田は毎年短答式には合格しており、論文式でつまずいて、そこを突破できないでいた。

小沢と中山は短答式に合格したり、時には失敗したりを繰り返していた。もう一人の石井は、まだ短答式に一度も受かっていない。

短答式試験は、憲法、民法、刑法の三科目六十問を三時間半、通しで行われる。

レベルが高くなってきた受験生にとっては、論文試験が勝負どころであって、短答式に受からないと、司法試験の展望は全く開けないというのが実情であった。

石井は、かれこれ十年近くになる受験生活で今年こそ、なんとかしなければという強い決意を持っていた。ライバルに一歩、二歩遅れていることは、常日頃自覚していた。

性格が明るく、いつも周囲を和ませている石井であったが、五月の第二日曜日（母の日）の短答式試験が近づくにつれ、鬼気迫る雰囲気で、机に向かっていた。

目に青葉。

東国の森の緑は、春を待ちわびたように日々濃くなっていって、五月の澄んだ青空の中で、そよ風にさわさわと揺れている。

五月なかば、短答式試験が終わり、三々五々喫茶室に集まってくる。

五人は、「できた、できない」といった試験の話は、これまでもほとんどしたことがなかった。

それぞれ自分自身で分かっていることであり、それを話し合ったところで、なんの意味もないことをみんな知っていた。

終わったら結果を待つしかない。

何も考えずに短答式突破を前提に、正念場の論文試験準備にかかるのだ。

ところが、今年の石井哲は違っていた。

「今年の択一（短答式のこと）は、ほとんど取りこぼしがなかった。最高の出来だった。この調子でいって、論文もクリアしたいものだな」と明るく語った。

十年間、壁を越えられなかった短答式試験の合格は当たり前で、論文式試験も突破できそうだと宣言したのだ。

聞いていた四人は、なんとなく妙な違和感を感じたが、それでも八木誠一が「石井さん、よかったな」と声をかけた。

石井哲は喫茶室のおばちゃんに向かって、「七月の論文試験まで間があるから、気分転換に谷川に行ってくるつもりだ」と話した。

「それはいいね。哲ちゃん、最近は好きな山歩きしてないもんね」とのおばちゃんの言葉に、石井は嬉しそうに「ああ、行ってくるよ」と答えた。

他の連中が勉強に戻った後も石井は喫茶室に残り、健太郎と長いこと話していた。

あの受験直前の張りつめた雰囲気の頃とは別人のように、石井は饒舌に、いろいろなことをおしゃべりした。健太郎は「今年の石井さんは違うな」と思った。

谷川岳

上野を夜十時過ぎに出た列車が、新前橋駅に着いたのは夜中の一時過ぎだった。
石井哲は上越線の長岡行き夜行列車に乗った。
沼田、水上、湯檜曽と各駅に停まりながら土合の地下駅に三時に着いた。
四百八十数段という長い階段を上がり、土合駅を出ると、ヘルメットを持ったクライマー達は、走るように暗い一ノ倉沢への道を急ぐ。

一パーティでも二パーティでも他より早く、岩場に取り付かないと、先行パーティからの落石の危険や、登頂までの時間が、かかり過ぎたりのリスクが生じるからだ。

谷川岳は、標高二千メートルにも満たないが、急峻な岩壁と複雑な地形に加えて中央分水嶺のために天候の変化も激しく、遭難者の数は群を抜いて多く、七百人以上の登山家の命を飲み込んでいる。

石井のように一般ルートの登山道をたどる登山者は、あわてもせずに、空を見上げ天気を確認して、ゆっくりと出発準備をした後、一ノ倉沢への道を進んでいく。

土合駅から二十分ほど歩くと谷川岳登山指導センターがあり、石井はここで登山届を書いた。

その後ゆるい上り坂カーブを二回曲がると西黒尾根の登り口へ着く。

新緑の林の中を登り、一汗かいた頃にはすっかり夜も明け、尾根に出ると涼しい初夏の風が心地よく通り過ぎていく。

クライマーたちは、この尾根からまっすぐに一ノ倉沢をめざすが、石井は他の一般登山者と一緒に、左の道を登りだす。

急な岩の尾根を行列を作って登る。

左の西黒沢も、右のマチガ沢も雪渓が残り、新潟国境稜線まで続いている。

氷河痕《ひょうがあと》、ザンゲ岩を越え、隈笹の原が出てくるとようやく尾根も緩やかになり、五~六メートルもある鉄の指導標の左向こうにはまだたくさんの雪が残っている。

そのすぐ上の台地に肩の小屋が見えるが、それを通り越してすぐ目の前の頂上を目指す。

西黒尾根の登山口から三時間ほど歩いたろうか。

谷川岳

谷川岳トマの耳。一九六三メートル。

すぐ目の先には双耳峰のもう一つの頂上、トマよりちょっと高いオキの耳がそびえ、一ノ倉岳、茂倉岳への稜線が続いている。

マチガ沢の源頭である鞍部を越えると一登りでオキの耳に着く。

石井はここで長い休息をとった。

眼前の山々を眺めていたら、石井の脳裏に、過ぎ去った日々が戻ってきた。

「いろいろなことがあったなあ」

ひとつのことが石井の頭をかすめ、通り過ぎて行ったと思ったら、次から次へ、在りし日のあのことが、走馬灯のように、谷川の山並みを駆け巡り、そして花火のように消えてゆく。

埒もないことが、こんなにいっぱいあったかなあ。

千文はもう五歳になるだろう。

「俺がもっと早く受かっていれば離ればなれにならないで済んだろうに」

「司法試験に足を踏み入れなければ、違った人生が待っていたかもな」


どのくらい時間が経ったろう。

石井は思い出したように立ち上がりまた歩き出した。

さっきまでいた人たちは、もう先に行って誰もいなかった。

シャクナゲやナナカマドが繁る低木の間を、多くの登山者に踏まれて、丸くなった石と木の根っこの道を進んでいった。

左手の新潟県側は緩やかな笹原の続く大斜面で、右手の群馬県側はスパッと切れ落ちた岩壁が続いている。

遥か眼下に、湯檜曽川と対岸の山、白毛山や笠ケ岳、朝日岳が見えるだけで、一ノ倉沢の岩壁群は見えない。

一ノ倉岳への登りにかかる最低鞍部が「ノゾキ」である。

ノゾキとは、信仰登山の懺悔場所の一つに数えられるところで、断崖絶壁の上から、千じんの谷底を覗かせ、先達が行人を懺悔させた場所と伝えられている。

上から見る一ノ倉沢は、雪崩に磨かれた岩肌と雪渓が急峻で大きな滑り台のように湯檜曽川に向かって下りこんでいる。

卒業

「石井哲が帰ってこない」

図書館の仲間たちにも連絡が入り、四人と一緒に健太郎も谷川岳に向かった。

こっちの尾根あっちのコースと手分けして、上り下ってみたが見つからないまま数日が過ぎた。

一口に谷川岳と言っても広いのだ。

石井哲が、谷川岳登山指導センターに提出した登山届には、「西黒尾根から谷川岳に一人で登る」としか書いてなかった。

オキの耳で休んだ後、一ノ倉岳の方へ向かう姿が、捜索が始まってから確認されていただけで、その後の足取りは分からなかった。

どうして先に進んだのか、その先のどのコースを取るのかも誰も知らなかった。

それから更に数日が経ち、一ノ倉本谷の雪渓の上で、石井は遺体となって登山者に発見された。

石井が発見された場所から、石井の足取りは予測確認された。

誰もが、あの怖い岩壁の、覗いてみたくなる誘惑に満ちた「ノゾキ」の大絶壁に向かって、石井は転落したのだ。

石井の遺体を見た捜索隊員の一人は、「五、六百メートルも転落している割に遺体の損傷が少なかったのは、たっぷり残っていた雪渓が、クッションになったと思います」と話した。

健太郎は、図書館のいつもの自分の席に座って、石井さんの方を見るが、その席には誰もすわっていなかった。

「石井さん、卒業しちゃったの」

「誰にも言わないで、一人で図書館、卒業しちゃったね」

喫茶室でのあの長い会話と今とがどうしても繋がらなかった。

健太郎は、それを考えながら、主のいなくなった空席をずっと見つめていた。

図書館の地下喫茶室に、司法試験組と健太郎がいた。

一人少ないが、いつもの光景だった。

カウンターの中のおばちゃんが、「哲ちゃん。いなくなって寂しいねえ」と独り言を言った。

健太郎は考え込んでいたが、ふと呟いた。

「石井さん、ほんとに事故だったのかなあ?」

聞こえなかったように誰も答えない。

事故だったかも知れないし、事故ではなかったかもしれない。誰にも分からないのだ。

天国と地獄、紙一重の世界に生きている人たちの前で、なんと無神経なことを言ってしまったのだ。

健太郎は、自分の不用意なひとことが、みんなを傷つけてしまったかもしれないと気づき、「言わなければよかった」と一人後悔した。


その後、八木誠一と野田和夫は弁護士になった。

小沢宏は司法書士となった。
中山進は県議会議員から県議会議長となった。

合格

　健太郎の税理士試験は、昭和四十九年の二科目合格を機に、順調に四科目を制覇していったが、最後の一科目で昭和五十二年、五十三年と二年続けて失敗していた。

　昭和五十四年の真夏、高崎経済大学での税理士試験の受験教室は、尋常ではない暑さと緊張で異様な雰囲気に包まれていた。

税理士試験は全国一斉に毎年五万人も受験するので、受験会場は殆ど大学で、夏休み中と決まっていた。

この真夏の大学の教室の熱風に満ちた空気から、一刻も早く脱したいとだれもが願っている。

外の木々にとまる蝉が、うるさく泣いている。

開始前の緊張を受験者は隠して、みな平静を装っている。

場馴れした受験生は、みなランニングシャツ一枚で、大きなタオルを首から垂らしている。なんども来ている証拠で自慢にならないが、格好など気にしている場合ではないのだ。

机の上には、バカでかくて厚い電卓。半分の受験生は算盤だった。

試験官が「はじめ」と言った瞬間、健太郎の胸からお腹にかけて、大粒の汗が流れていくのが分かる。右手も汗で問題用紙に張り付くので、タオルを下敷きにした。

試験の帰りに両親の家に寄ったが、父はいなかった。

「お疲れ様。どうだった」と、母が駆け寄ってくる。

「うん、悪くはなかった」

健太郎は、今日の出来と受験勉強の絶対的な量を考えれば自信があったが、二年連続失敗の実績が健太郎を不安にさせていた。

母は健太郎に冷たい麦茶を出しながら、「けさね、四時過ぎに目が覚めたら、父さんがいないの。どうしたのかびっくりしてね、起きていったら、仏壇にお線香あげて、ずっと手を合わせて拝んでいるの。

お前にやさしい言葉ひとつもかけられない人だけど、父さん、気持は同じなんだなあと思って、母ちゃん、涙が出てきちゃったよ」

これを聞いた健太郎も、感極まり、あわててその席を立った。

健太郎は昭和五十四年十二月税理士試験に合格した。

開業

健太郎の父高橋清は、労働争議で会社を倒産させてしまったが、再起した。

しかし、そのなけなしの金も、無認可保育園を社会福祉法人にするために、ほとんど寄付していた。

唯一残っていた財産は、健太郎のために取っておいた百五十坪の土地だった。

健太郎は、税理士開業にあたって、父に相談した。

「事務所を開くのだけど、あの土地に建物を作ってもいいでしょうか」

「どんな建物を建てるんだ」

「今はお金もないし、お客さんもまだいないのでとりあえず五坪くらいのプレハブを……」

それを聞いた瞬間、父は烈火のごとく健太郎に雷を落とした。

「バカをいうな。お前のためにやっとの思いで取っておいた土地だ。そこに五坪のプレハブだとー。寝言を言うな。お前が百五十坪の土地に、五坪のチャチなプレハブを建ててみろ、世間はお前のことを、ただの失敗者とみるだけだ。

作るときには、バーンと御殿のようなでかいビルを建てて、周りの人たちに、高橋健太郎は成功者だぞーと、思い知らせるのだ。

そうでなければ、一流のお客が、お前になんか誰が頼むと思うか。お客はな、五坪のきたねえプレハブに来るたびに惨めになるんだ。早く、もっと立派な会計事務所に頼みたいと思うんだ。バーンと大借金できる身分になったら作ればいい。それまでは借家で十分だ」

「はい、分かりました。そうします」

健太郎はそれしか言えなかった。


何はともあれ健太郎は、待望の税理士登録をして、会計事務所を開いた。昭和五十五年、健太郎三十三歳だった。

「バーン」まで事務所は造れない。

開業と同時にTKCに入会したが、そのきっかけは『税務署への告発状』

にあった飯塚毅の「あとがき」と、健太郎の近所で大きそうな会計事務所をやっているところが、「TKCコンピューター会計」という看板を出していたから。という単純な理由からで、誰にも相談などすることなく決めていた。

当時、高橋健太郎はTKC全国会が、税理士・公認会計士で組織された日本で最も大きな職業会計人の集団で、その会員の会計事務所を支えるコンピュータの株式会社TKCは、二千人もの社員がいる会社であることなど全く知らなかった。

正確には、ほとんどなんの情報も持っていなかったのだ。

入会手続きのため、最初に面会したのは、TKC埼玉センター長、小林薫さんだった。

小林さんは、健太郎のお客さんが一件もないことを知り、中古のコンピュータを無料で貸してくれた。

「いいですか、誰にもタダだと言っては駄目ですよ。実は、もうすぐ革命的ともいえる凄いコンピュータがＴＫＣから出るんです。そうしたら高橋先生が第一号で買ってください。それが条件です」

健太郎は、人生で初めて「先生」と言われて、気分よく「了解しました」と答えた。

このコンピュータこそ、一九八〇年（昭和五十五年）に誕生した画期的なパソコンで、「八〇年代の勝利」を願って命名された富士通製の「Ｖ―80」であった。

その後、健太郎の事務所は、この「Ｖ―80」に乗って関与先ゼロから飛躍的に発展していくが、まさにその原動力となったのが、八〇年代の勝利「Ｖ―80」であった。

この年九月、高橋健太郎は初めて、ＴＫＣ全国会会長、飯塚毅先生と出会った。
東京での飯塚毅先生の講演会を聞きに言ったのだ
「この人が飯塚毅先生か」
個人的に話す機会はなかったが、飯塚先生の講演は、健太郎にとって、カミナリが落ちるように新鮮で、ショッキングで、とびきり難しい内容だった。

『利己心の本質といわれ無き自己限定を排す
人間は、お母さまから、オギャーと生まれてから、徐々に外界の存在を知り始め、やがて外部的世界と自分の区別に目醒めだし、自我というものが自覚されるようになってきます。そして、感覚的にこれが自分だ、と分かる自分の快適さ、満足というものを求めるようになります。それは人間として生まれたもののまことに自然な暮らし方に見えます。大概の人は、そのような精神の在り方で、成長し、活動し、そして死んでいきます。

ところが青年期の釈迦のように、人の老いるのを見、人の病むのを見、人の死を目前にして、人間の生老病死というものから逃れたい、人間の生老病死の恐怖から逃れたい、という願望を持ちだして、その本質を究明し、遂に如来の境地を発見し、輪廻からの脱却を宣言した、という人もいるわけです。

それは普通の人の精神生活のわくから一歩も二歩も踏み出して、日常的な、慣習的な心の持ち様から、精神の内面に向かって、切り込んでいって探究した結果、到達したものであります。その時に人は、利己心というのは、自分のなかの最も根源的な問題についての、致命的ともいえる誤解に由来しているものだった、と分かります。利己心は、自分が自分に向かって、大きな誤解を犯している結果である。つまり、本当の自分が何ものであるか、が分からない段階の自分の心の模様である。

人は、本当の自分を知った時に、愕然とする。私は現にそうだったのです。「俺がいない。この俺が、実はどこにもいないのだ」と知った時の驚きは、全身的な詠嘆とでもいいましょうか、たとえ様もない驚きそのものでした。

両親が生まれる前のお前さんはどこにどうしていたのかね、という問題です。ここに利己心を根本から吹っ切れる、契機があるのです。

結論を言います。「エゴの観念は人生最大の敵」であります。

世の中を見回しますと、成功者といわれる人と、失敗者といわれる人の比率は、半々ではないでしょう。失敗者といわれる人の比率のほうが圧倒的に多いのと違いますか。勿論、成功者といわれる人も、星の上なるものが支配する運と偶然によっている場合もあり、失敗者といわれる人も同一の事情下にあると思います。

しかし、わたくしは虚弱児といわれた少年時代から、闘志の権化のように見られている六十二歳を超えた今日まで人生の幾山河を越えてきてみて、失敗者と認められる人の殆ど全部は、心中で、先入観の拘束を受けていた人だったと気付いています。「まさか、そうなるとは、思っても見なかった」「そこは、差し支えないと思っていたんだ」という「後悔の一言」が一生涯ついて回っているタイプのひと。そういう人が、人生の失敗者となっていくのと違いますか。

つまり、どうしたら、わが心底から、一点の先入観をも払拭して、空々寂々たる心境を手に入れるか。が、この人生の「勝負どころ」ではないでしょうか。

もっと具体的に話しましょう。現在のあなたの事務所の規模と名声とは、いままでにあなたが、世間の人にどんなイメージを与え続けて来たかという事実の集約結果に過ぎないんだ、ということをしっかりつかむことですよ。

あなたの主観的願望とは無関係に、あなたは、会計人としてのあなたのイメージを、どう世間に与えて来ていたのかという点を、出来るだけ主観を離れて、冷静に批判してみてください。いろいろな点で欠陥や不足が分かる。それらの打開策についての改革を断行するんですよ。

その時に邪魔になるのが、自分に対する無責任な自己限定のクセなんです。たとえば、不安感を例にとりましょう。あなたは、実行の前に常に不安感を強く抱くクセを持っているとしましょう。あなたは、その不安感がどこからきてどこへ去るのか、見極めて見たことがありますか。

恐怖感だって同じです。どこからきてどこへ去るのでしょう。結論を先に言いましょう。来る処も去る処もないのです。あなたの本心の幻影に過ぎないのです。生まれてきたときに授かってきたあなたの本心、それは無限定的なものであり、それを人は無心と呼び、或は仏心と呼び、最澄や空海は一心と呼んだんです。その無限定的なるものが、真のあなたの実践主体です。

それにあなたは、勝手に限定を加えて身動きできない奇形的な自我の映像を観念の中で作り上げて、俺ってこういうんだ、と尊い主体性に対して限定を加えて、求めて不自由になっているだけなんですよ。ここを直さなきゃあ、大発展など期待できませんねえ。

「いわれ無き自己限定」の中で暮らしていて、それを疑わない態度は、決定的な失敗の素因だ、とは思いませんか』

葛藤

開業から七年、高橋健太郎の事務所は順調に発展していた。

お客が増えれば増えるほど忙しくなり、職員も一人また一人と増えてゆき、健太郎も朝早くから夜遅くまで、猛烈に働いた。

他の会計事務所が不思議に思うくらいのハイペースで事務所の規模は拡大していった。

既にこの段階で会計事務所の平均的売り上げは超えていた。

収入もどんどん増えていくのだが、それに比例するように、不安な気持ちが高まっていった。

健太郎は気づいていたが、規模の拡大、収入の増加に事務所の品質がついてゆかないのだ。

どんどんお客が増えるので、仕事が場当たり的になって、便利屋のようにお客の要望は何でも聞いて、決算申告が間に合わない時は、職員総出で残業して、チェックもそこそこに、月末にタッチセーフで提出する。

「間に合ってよかったあ」が合言葉になるほど常態化していた。

お客が大事だから、明らかに経費になりそうもない領収書も、見て見ないふりをする。お客の経営者が、飲んでるから出て来ないかと電話があれば、ホステスのように嫌な顔もせずに夜遅くであっても出ていく。

このままでいいのか。あれだけ希望に燃えて、勝ち取った税理士の資格も、今はただの金儲けの道具になっているだけではないか。

それでいいのだと割り切ればよいか。それとも切り替えなければならないか。健太郎は自問自答し、悩みながら、翌日になるとまた、忙しい日常に埋没してゆくのだった。

開業して十年。職員は十人を超えていた。


ある朝七時。

玄関のチャイムが鳴るとドアが開いた。

「高橋さん、国税調査です」

洗面で顔を洗っていた健太郎はビクッとした。こんな時間に来るのは査察しかない。俺は一円も誤魔化していないのになんで自宅に。

お客の脱税幇助を疑われているのか。

全く思い当たらない。どこの件だ。冷や汗がにじみ出てくる。

健太郎が玄関にでて行くと、近所のお爺さんが立っている。

「高橋さん、おはようございます。国勢調査です。用紙持ってきました」

「なにい国勢調査？　時間をわきまえてよ、まだ七時だよ」

お爺さんは健太郎のとばっちりを受けて、そそくさと帰っていった。


健太郎は一人考えこんでいた。

今度という今度は、本当に自分が情けなくなった。

「国勢調査を、聞き間違ってびびりやがって、なんてざまだ」

恥ずかしくてとても人には話せない。

飯塚毅先生が敢然と立ち向かい、権力と真っ向から戦い抜くことができたのは、心に一点の曇りもない、事務所経営をしていたからだ。

だから職員も検察の追及に負けなかった。そこには微動だにしない確固たる意志と力が存在したのだ。

健太郎に飯塚先生の声が聞こえてくる。

「高橋。その姿を恥じよ」

高橋健太郎は、いま根本的に変えなければ手遅れになることを、はっきりと実感していた。

このままでは十五年以上前に勤めた、あの新宿の事務所となにも変わりはないではないか。いま、運命を分ける選択をしなければ、事務所の未来はない。職員の未来もない。これまでの自分の考えを白紙に戻して、飯塚先生の教えに従った、事務所の経営を目指してやり直すんだ。

健太郎は覚悟を決め、職員にも恥を忍んでみじめな勘違いの話しもして、経営全般のやり直しを宣言した。
一、月々の巡回監査を断行する。
二、質の高い監査を行う。会計記録の網羅性、真実性、実在性を確かめ、過ちがあれば訂正し、正しい税務を指導助言することが使命であることを全員で確認する。

三、経営者の立場にたって、経営にとって最も必要な情報と帳票を正確迅速に提供する。

四、御用聞き的スタイルをやめ、町医者スタイルに徹した事務所経営を行う。

五、関与先の電算化を支援し、記帳代行を求める顧客は関与しない。

六、所長方針に反する者は退職もやむなしとする。

七、以上を実践するために、当面の事務所収入減もやむなしとする。

拡大至上主義を排し、中身で勝負する。

「言うは易く行うは難し」で、健太郎にとって一大転機となった改革は、お客を増やすことよりも大変だった。

事務所の職員は、健太郎の考えをよく理解して協力してくれたが、この間の三年間、事務所の成長は完全にストップした。

事務所の方針に合わないお客さん、無理を言うお客さん、法的に問題なお客さんなどをお断りしたため、新しい顧客を上回るこれまでの顧客が去っていった。

改革途上で迷いが出たこともある。

「やっぱり元のようにいこうか」

お金の誘惑に心が揺れた。

そんなときは飯塚先生の本を読んで、「ここが正念場、じっとやせ我慢だ」と思って乗り切ったのだから、本物の飯塚イズムとは、まだまだ、ほど遠いところにあったのかもしれない。

自利利他

この年、年頭に、飯塚毅全国会会長は、全国の幹部を集めた会合で訓示した。

『新春の祈りの焦点は

いまから千二百年以上も昔のことですが、日本の天台宗を開創した最澄伝教大師は、その論文「山家学生式」の中で「一隅を照らす、是れ国宝なり」と喝破しました。どんな小さな隅っこのところでも良い、そこを確りと照らしている者が、国家の宝なのだ、という意味でしょう。

世界の激動期に生きて、職業会計人という、小さな職業に従事している我われは、世界や郷土に大号令を掛けるでなし、国家社会の命運を直接左右する立場にあるでなし、単に顧問先と税務官庁等との間を駆け回って、生活の資を得ているだけの微々たる存在ではありますが、確乎として日本の一隅を照らしている身として、やはり自分は最澄のいう通り「国の宝」なのだな、との自覚だけは持っていたいものだと思います。

平成四年の新春に当たり、この点について、些か私見を述べて、TKC会計人各位にお訴え申し上げたいと存じます』

平成四年

ＴＫＣ全国会に、若手会員を育成し全面的支援を行う組織、ニューメンバーズ・サービス委員会が結成された。

飯塚毅会長が掲げた、ＴＫＣ会計人の基本的理念であった「自利利他」の考え方を具体的に実践するために、最高の舞台を提供するこの委員会の創設に、最も尽力し、これを主導したのが、後にＴＫＣ全国会第六代会長に就任する粟飯原一雄先生だった。先生が初代の委員長となってスタートした。

高橋健太郎は、粟飯原一雄先生の指名によってこの委員会の、二代目全国委員長に就任した。

高橋健太郎は、この縁で粟飯原一雄先生と親しくなり、以後、粟飯原会長が全国会会長を退くまで終始一貫して支え、行動を共にすることになる。

委員長に就任したことで、高橋健太郎はやっと飯塚会長に認識されることとなった。この時で会員が七千人もいたのだから、なかなか名前を覚えてもらえないのも無理もないことだった。

TKCに入って十年以上経ち、ようやく名前も正確に覚えられて、飯塚会長と差しで話ができるようになったのだ。

自利利他

「自利利他」について飯塚毅会長は次のように述べている。

大乗仏教の教論には「自利利他」の語が実に頻繁に登場する。解釈にも諸説がある。その中で私は、「自利とは利他をいう」と解するのが最も正しいと信ずる。

仏教哲学の精髄は「相即の論理」である。般若心経は「色即是空」と説くが、それは、「色」を滅して「空」に至るのではなく、「色そのままに空」であるという真理を表現している。

同様に「自利とは利他をいう」とは、「利他」のまっただ中で「自利」

を覚知すること、すなわち「自利即利他」の意味である。他の説のごとく「自利と、利他と」といった並列の関係ではない。

そう解すれば自利の「自」は、単に想念としての自己を指すものではないことが分かるだろう。それは己の主体、すなわち主人公である。

また、利他の「他」もただ他者の意ではない。己の五体はもちろん、眼耳鼻舌身意の「意」さえ含む一切の客体をいう。

世のため人のため、つまり会計人なら、職員や関与先、社会のために精進努力の生活に徹すること、それがそのまま自利すなわち本当の自分の喜びであり幸福なのだ。

そのような心境に立ち至り、かかる本物の人物となって社会と大衆に奉仕することができれば、人は、心からの生き甲斐を感じるはずである。

ナマステ

高橋健太郎は、地域社会の中でも積極的に活動していた。

銀行の取引先企業を集めた経営者の会の副会長をやっていた。

この会で、自分たちが出す会費を、毎年少しずつ積立て、十年で百万円になったので、これを何か社会貢献活動の一助に使おうということになった。

検討した結果、日本農業研修場協力団（ジャイチ）の事務局長の紹介で、最近の洪水で川沿いにあった学校が跡形もなく流された、ネパールの人里遠いカリカ村の学校づくりに役立てることにした。

日本円で百万円あれば、この学校を再建できる。こうして、積立金はネパールに飛んで学校の建設資金となった。

学校が完成したとの報告が入り、代表がネパールに行くことになった。十一月のネパールは一年中で最も気候が安定している時期と言われている。

そんな十一月上旬に、高橋健太郎を含めた七人の中小企業経営者が、ネパールを訪問した。

深夜にカトマンズ、トリブバン空港に到着し、その夜は市内のホテルに一泊した。

翌朝早く、いよいよ出発だ。

日本製の三十年以上経っているような、超オンボロのワゴン車に分乗し、ものすごい黒煙をまき散らしながら、喧騒の市内を駆け抜けていく。

たとえ様のない一種独特の匂いと人の群れ、異常に多い野良犬をかき分け、けたたましいクラクションの高音を先導に、よく事故が起きないなと感心するほどの無謀運転も、最初はイライラ、ドキドキしているが、慣れてくると不思議にこれが当たり前のように思えてくる。

小一時間が過ぎると、カトマンズ郊外に入ってくる。路面は、わだちで歪み、穴だらけで体は上に跳ね、横に揺れ、これが一時的と思いきや六時間も続くとは思わなかった。

車内にガソリンの匂いが充満するので窓をこじ開けると、もうもうとしたホコリが顔にこびりついて、鏡はないが、どういう顔になっているか、十分に想像できた。

「こんなことに驚いていてネパールに来られるか」

郊外に出て一時間もすると、はるか遠くに冠雪した、険しくも美しい山々が見えてくる。マナスル連峰である。

午後一時、ようやく車が止まった。カリカ村の人たちが、十人ほど案内役と荷物運びのために出迎えに来てくれた。

合掌しながら「ナマステ」

ナマステは、おはよう、こんにちは、こんばんは、ありがとう、をみんなかねているような便利な言葉だ。

日本に六年住んでいたというネパール人のガイド、ニランが流暢な日本語で通訳した。

「これから先は落石が道を塞いでいて、車は行けないので歩いてください。でも村はもうすぐそこです。歩いてたったの一時間半くらいです」

「たったの一時間半?」みんな笑っていた。

村の人たちが荷物を持ってくれる。

鉛筆、ノート、紙、電卓、バレーボール、サッカーボール、時計、白墨、日本から持参した数々の学用品。

殆ど下りの急坂をしばらく行くと、乾季のためほとんど水のない大きな川沿いに出た。一列の隊列を組んで進んでいくが、彼らは私たちが持参したダンボール箱を軽々と頭の上に載せて、悠々ひょうひょうと背筋を伸ばして歩いていく。


村に到着した。

今度は流されないように、山の中腹に長屋造りの教室が建っている。長板に足場を組んで机と椅子代わりにしている。電燈はなく中は暗い。窓のガラスはもちろんなく、床には割った石が敷いてある。

子どもたちは全員がビーチサンダルを履いている。うす暗い教室を外から覗くと子どもたちの目だけが光っている。目が慣れてくると子どもたちの表情のあまりの明るさにドキッとしてしまう。過酷な環境とのギャップがあり過ぎて、健太郎には心の整理ができない。学校まで遠い子は片道二時間歩いてこの学校にやってくる。

三時。セレモニーが始まる。約二百人の子どもたちと百人の大人たち。子どもたちの歓迎の歌に始まり、校長先生や何人もの村民代表から感謝の言葉があった。

通訳のニランを通じて、その気持ちがひしひしと伝わってくる。

銀行の会の会長が、今後補修のための支援や、今後十年間を予定するカトマンズに進学する優秀な子どもに対する奨学支援の話などがあった。

年間十万円支援すれば、カトマンズの学校に、一年間三人から五人の生徒を送れるのだ。

民族楽器を伴奏に、子どもたちの歌や踊りが、私達を和ませてくれた。深い山並みに、つるべ落としに太陽が落ちて、五時、健太郎たちは、せきたてられるように帰路につく。

子どもたちは健太郎たちと一緒に手を繋ぎ、遠くまで見送ってくれた。帰りは約二時間の上りの歩きが続く。次第に辺りは暗くなり、周囲に明かりらしきものが一切ないので、そのうち何も見えなくなる。村の人々の先導がなければ、決して進めない夜道を、一列になり前の人の背中を見ながら歩いていく。

七時、車に到着。すぐに乗車し、野営地ダマン峠に向かう。

夜九時、ダマン峠に到着。シェルパの作ってくれた遅い夕食が始まる。酒のつまみは満天の星だ。わざわざダマン峠にテントを張って、野宿するのも目的は「星」だった。草の上に仰向けに寝ると、ただ、「すごい。きれい」の言葉しか出ない。

こぼれ落ちてくる幾千万の星屑。

この峠百キロ四方全く明かりがないと通訳のニランが教えてくれた。民家はあるが電気が通ってない。

真っ暗闇なので山並みはおろか一寸先も見えない。まさに暗黒の世界という実感をもう日本では体験することはできないと思う。

すぐそこの物も見えない闇のなかにあって、天空だけに無数の星たちが輝いているのだから、それは「すごい」のひとことしか表現できないほど美しい。

いくつもの流れ星が尾を引いて飛び、人工衛星が肉眼で確認できる。星と違って少しずつ動くので分かるのだ。

「こんなに人工衛星は飛んでいたのか。ほらまた来たよ衛星が」

飽きもせず夜空を見ていた健太郎は、いつの間にか虚弱児だった幼い頃を思い出した。

「そうだ。あの頃だ。幼いころのふるさとの夜空と同じだ。日本の真冬の星空もこれと同じだったよね」

目をつむると、遥かに遠い幼き日々と今日会ったカリカ村の子供たちが、時代を越えて、海を越えて遊んでいるように思えた。

赤ワイン

平成七年

ＴＫＣの関東信越地域の会長交替で、新しい会長が、飯塚会長に就任挨拶をすることになり、茅ヶ崎の自宅に行くことになったので、高橋健太郎も同行することとなった。

幹部クラスになっても飯塚会長は、常に雲の上の人であった。桁違いの学識と読書量は定評があったし、筋金入りの人生の足跡が、畏怖と尊敬の念となって怖い存在だった。

　型通りの挨拶が終わってから、飯塚会長夫人のるな子さんが、場を和らげる配慮だと思うが、「ワインはいかが」と誘った。しかし、みんな緊張していて遠慮する中で、高橋健太郎が「いただきます」と言うと、るな子夫人は嬉しそうな顔をして、健太郎と自分のグラスになみなみと赤ワインを注いだ。

　飯塚会長のいる前で、るな子夫人は「最近は少しも歩かなくなってしまって、息子の真玄が、室内でも歩ける機械を、せっかく買ってくれて送ってきたのですけど、一度も使わないの。足が弱くなるのが心配で」

　高橋健太郎は、注がれるままに三杯目のワインを飲んでいた。

　るな子夫人の話を不機嫌そうに聞いていた飯塚会長は、話をそらすように、「高橋君。どうだ、最近は」

健太郎は、会長が何を聞いているかを瞬時に考え、答えなければならない。

「はい。やっております。若い会員が、会長のお書きになった本をよく読んで、強い影響を受けております。ＴＫＣ会員の税理士・公認会計士も七千名を超え、ニューメンバーズ・サービス委員会の活動も、軌道に乗ってまいりました。

私が嬉しいのは、ＴＫＣに入会し、委員会の指導を受けた会員が、あまり時を置かずに、今度は自分が委員会に戻ってきて、もっと若い会員の面倒を見るという循環が起きていることです。

先輩から受けたノウハウを後輩に伝えていく良い伝統は脈々と生きております。

若い会員の事務所経営は大変ですけど、目先の利益を追うばかりでなく、社会に貢献できる税理士、中小企業の経営者に感謝される税理士、そういう自利利他の視点を持った会員が増えていけば、全国会一万人も夢ではないと考えております」

健太郎の目を見ながら、睨むように聞いていた飯塚会長は、健太郎が話し終えると「うん。そうか、ありがとう」と満足そうに頷いてくれた。

保育園

高橋清が建設した保育園は年月が経ち老朽化が激しかった。

平成九年、保育園の理事長に就任していた、高橋健太郎は新しい保育園の建設準備に入った。

重要なコンセプトはいくつかあった。

まず、保育園と老人施設を区分しながらも、一体的に造ること。現場の保育者の意見を取り入れること。景観にも優れ、子ども達に安全で居心地の良い、最高の施設を作ることだった。

健太郎の父、清は平成七年九月に亡くなった。八十二歳だった。波瀾万丈の生涯だったが、晩年は児童福祉に情熱を傾け、穏やかな日々を過ごした。

メカに強かった清は、保育園の遊具、たとえばジャングルジム、鉄棒、登り棒、滑り台などほとんど手製で作ってしまった。

ジャングルジムを作るときは、細かな図面を書き、鉄棒を上下左右に複雑に組み合わせ、ジョイント部分を接続し、その後さらに、子どもたちが危なくないようにと、角を取るための溶接ヤスリがけと気の遠くなる作業を、朝から晩まで三か月もかけて仕上げた。

完成したジャングルジムは鮮やかな黄色に塗られ、園庭の一角に置かれた。喜んで遊ぶ子どもたちを遠くから眺め、高橋清はひとりにこにこしていた。

最後はこれが嵩じて、園庭の隅から隅へ、七十メートルもケーブルを繫ぎ、子どもが五メートルくらいの高さを、小さなゴンドラに乗って移動できるケーブルカーまで作ってしまった。子どもたちはキャアキャアと喜び、先を争って乗っているが、さすがに健太郎は、これは危ないのではないかとクレームをつけた。

父は、「何が危ないか言ってみろ。俺は素人ではないぞ。強度、重量計算すべてを考え設計図に落として、完璧な仕事をしてるんだ。会計と税金しか知らないお前が、どうして危ないと思うのか、その理由を俺に説明してみろ」

父と違って、めっぽうメカに弱い健太郎に説明できるはずがない。

健太郎は、「父さんの技術的な腕には、何の疑問は持っていないけど、たとえ数メートルでも子どもが上から落ちたら危険ではと思って……」

「そのために安全ベルトを装備し必ずつけさせているんだ」
「はい、わかりました」

数か月後に、県庁職員が社会福祉法人に対する、一年に一度の定期監査にやってきた。

係官は書類を見る前に施設全体を見て回る。ケーブルカーについて、健太郎と同じような指摘をすると、父は、その係官をゴンドラになかば無理矢理に乗せて動かし、途中でスイッチを止め、おもむろに空中の係官に対して、ケーブルカー全体の安全性について丁寧に説明し始めた。

大人が乗っているのでかなり揺れているゴンドラの中で、係官は神妙な顔つきで説明を聞いていた。

ゴンドラから降りて、係官も健太郎同様「よくわかりました」と言った後、「すばらしい遊具ですね」と、見え透いたお世辞を言ったが、父は満足そうだった。

　このケーブルカーは、高橋清の最後の力作だった。

　健太郎の父、清が亡くなる前に、健太郎に対して何度となく話していたことは、子どもたちと老人が毎日一緒に過ごせる施設を作りたいという強い願望だった。

「年寄りは、毎日どんなにきれいな景色を見ることよりも、孫のような子どもたちに囲まれ一緒にいた方が絶対に心は休まると思う。子どもたちにとっても、小さいときから、いつも周りにお爺ちゃんお婆ちゃんがいて、年寄りをいたわるという躾をすることが大事だし、両方にとっていい環境になる。

　老人施設がなんとなく暗いのは、会話がないからだと思う。賑やかな子どもたちに囲まれていることが大事なんだ。だから、老人施設からガラス一枚で子どもたちが遊んでいる姿を見られるようにする。月に一度の誕生日会などは一緒にする。こんな施設がいままでできないのは、ほんとに不思議だ。今度作るときにはそういう保育園を作りたいと思っているんだ」

いま、あたらしい保育園を作ろうとしているとき、健太郎にとって、保育園と老人施設の合体、いわば世代間一体型施設の建設は、まさに父の遺言だった。

なんとしても父の夢を実現させたい。

健太郎もこのコンセプトについて、県や市に対して真剣に働きかけアプローチしたが、行政も画期的なこの試みに理解を示して賛同し協力を惜しまず、多大な補助金も出してくれた。

こうして平成十年三月、あたらしい施設は完成した。

健太郎は、落成式の数日前、車いすの乗る老人施設用のワゴン車で、母のきいを自宅に迎えに行った。

完成したあたらしい施設に着いて、健太郎は、母の乗った車いすを押しながら、保育園などを見せてから最後に正面玄関ホールに入った。

車いすが停まった正面の壁には、父、清が上機嫌に笑っている大きな肖像画が飾ってあり、その絵の下のプレートには、当園創立者・故高橋清先生と記してあった。

それを見ていた母は、声を出して泣き出し、「お父さん。健太郎が、お父さんの夢を叶えてくれました。こんな一等席にお父さんの額まで飾ってくれて、お父さん幸せですねえ」

健太郎は車いすの後ろから、母の後ろ姿を、仏様を見るように拝んでいた。

母は言った。

「健太郎。小さいとき、お前が死ななくてほんとに良かった。母さん言い残すことはなにもない。お父さんの絵を飾ってくれただけでもう十分だよ」

健太郎の母きいは、これを見届けるように、三か月後の六月、八十六歳で天国に旅立った。

市街を一望する高台に建設された、あたらしい保育園の遊び広場には、黄色いジャングルジムが、今日も子どもたちを迎えている。

弁護士と税理士

平成九年

この頃から、ＴＫＣ全国会飯塚毅会長は、少しずつ体力が落ちて、会員の前に顔を出さなくなってきた。

飯塚会長は、自らの判断で、会長を退き、後任の会長に松沢智氏を指名した。

松沢先生は、裁判官、検事、弁護士を務めた異色の学者であるというばかりでなく、国税不服審判所の審判官までやって、租税法にかけては、我が国最高峰の大家だった。

裁判官の時代に、悪質脱税犯に対して、初めて実刑判決を出したことで知られていた。

飯塚会長は、いずれTKC全国会の会員である税理士・公認会計士が一万人を超えることを見越して、このきわめて大切な黎明期を迎えるにあたり、これまでは自分という中心軸があったからよかったが、自分という重しが外れ、一国一城の主である税理士がすっ飛びすぎても困る。

そのためには、実務的な面よりも、我が国を代表する租税法学者をトップに迎え、TKC全国会の正しい方向性を守り、理論的支柱として会員に一目置かれ、且つ全国会幹部の押さえとなる人選をしたのだと思う。

もとより、高橋健太郎は、二代目松沢会長が就任したその頃に、このように推測する先見性などはなく、税理士・公認会計士の組織のトップに、なぜ学者が就任するのか懐疑的にすら思った。

後々になって振り返った時に、飯塚会長の卓見が初めてわかる。

やっぱり、ここが非凡と平凡との違いだと健太郎は認めざるを得ない。

松沢智会長が就任した翌年の平成十年、毎年恒例となっている行事が熱海であり、高橋健太郎は東京駅の東海道新幹線ホームに立っていると、松沢会長が一人でやってきた。

慌てて健太郎は会長のカバンを持った。

松沢会長は、車内の自席に着くと、「高橋さん。空いているからこちらへ」と、自分の隣の席を指さした。

健太郎は内心「ついてねえなあ」と思ったが、笑顔で「ありがとうございます」と言った。

健太郎は、持ち込んだヘッドホンとアイポットで、好きな音楽を聴きながら、五十分間を過ごす思惑がはずれた。

そればかりでなく松沢会長は、「高橋さん。僕だってものすごく忙しんだよ、講演しろというならやぶさかではないが、なんで会長挨拶のためだけに、熱海くんだりまで行かなくちゃならないの。一日仕事なんだよ」と、すこぶるご機嫌麗しくなく、健太郎は熱海に着くまでに、会長の機嫌を直すにはどうしたらいいかを考え巡らせていた。

弁護士と税理士

弁護士はね、特に対裁判所、対検察庁との関係において、国民の側に立って憲法の基本的人権の擁護を使命としている。だから、市民が権利侵害を受け、あるいは蒙ろうとしている場合の救済のための代理人が弁護士なのだ。これに対し、租税法に限っていえば、同じ法律家という面で共通性をもつ税理士は、弁護士と本質的な違いがある。

つまり、行政の場面である申告納税制度の下では、そこには司法とは異なって法律上の訴訟という、対立当事者という観念は原則として存在しないんだよ。

税理士が納税者の代理人として、異議申立て、審査請求をする場合があり、そこでは納税者の権利を救済する目的を持っている。だけど、その場合であっても、その前提として、納税者には納税の義務があるから、税務署長の更正は、納税義務者の財産権の侵害ではなく、納税義務者の申告が誤っているとして適正な申告と納税を求めているのだね。

従って、何が適正な額であるかをめぐって、納税者の代理人である税理士と税務署長との見解が対立し抗争するけれど、税理士としては、自ら税法の専門家としてこの処分が違法・不当な納税義務の履行の強制であると確信するが故に、それを防止するために行動しているのであって、それは結果として納税義務者の権利を救済することになるが、納税者の財産権を守ることのみで闘っているのではない。税理士は適正な納税義務の実現という租税正義の実現のために行動しているんだね。

もっと分かりやすく言おう。

「高橋君、眠いのか」

「とんでもありません」

弁護士と税理士との違いを例に挙げて説明しよう。

たとえば、弁護士が殺人刑事事件の弁護をしていて、被告人は法廷では無実を主張していたが、弁護士が拘置所に面会に行ったときに、本当は自分が殺ったと告白したんだ。

どうする。その場合でも、弁護士はそれを口外できないんだ。なぜなら、弁護士には守秘義務があるからね。また有罪にする立証責任を負っている者は検察官であって、被告人には黙秘権がある。

だから弁護士は、こいつは嘘つきですなんて絶対に言えない。

それが弁護士倫理なんだね。

これに対して税理士は、その依頼者・委嘱者の不正があると分かれば是正助言の義務があり脱税相談の禁止という法規定があることからも、そこに司法と行政の面の本質的差異のあることが分かるだろう。

以上のとおりであるから、決して税理士は弁護士ではなく、また弁護士に準ずるものでもないのだ。


「会長のお話は、ほんとに分かり易くてよく理解できます」

「そうかい。その割には高橋君、眠そうだったね」

「とんでもありません」

「ところで会長。先ほど挨拶のためだけに熱海へという、お話しがありましたけど、会長は誤解されております。

会員は会長の顔を見るだけでほっとするのです。

飯塚会長の時もそうでしたが、会員は、今日は会長に会えるのではと思いながらやってくるのです。会長は特別な存在なのです。

ですから、会長は挨拶だけでと言われますが、これを誰かが代理でやると、格がさがっちゃうというか、がっかりして……」

「わかった、わかった、高橋君。僕はそういう意味で言ったんじゃあないんだ。誤解しないでくれよ」

「熱海のホテルの玄関口には何人も幹部が並んで、会長がお見えになるのを心待ちにしていると思います。私は会長のカバンを持ってホテルの玄関口まで一緒にお供いたします。きっとみんな喜びます、会長」

同志

平成十二年
広島で、若手会員の税理士・公認会計士七百名を集めた大きな大会、ニューメンバーズ・フォーラムが開催された。
高橋健太郎は、これを主催する全国委員長として、基調演説をした。

『人生は自分の思い通りにいくとは限りません。

しかし、人生が一回しかないという、ある意味、どうにもならないこの歴然たる事実の中で、私たちは税理士という職業を選び、そして社会のなかで生きていくわけです。

自分はどういう税理士になりたいか、いやその前にどういう人生を生きてゆくのかを、自分の心の中にしっかりと刻むことがまず大切だと思います。


たとえば自分の価値観、理念、あるべき生き様を、まず最初にしっかり掴むことが大事だ。このことはいわば自分を支える基礎ですから、これがグラグラと揺れていたらどうにもならない。

次に、お客様、そして職員と、どのようにかかわっていくか。

この話をすると一時間くらいかかるので、飯塚毅先生の本がたくさんありますから、このかけがえのない財産をぜひ有効活用してください。

それから松沢会長のお書きになった本、特に『税理士の職務と責任』を読んで身につけてください。

皆さんはとびっきり若いのだから、一気に関与先を拡大するバイタリティは持っているでしょう。拡大の早道はありませんが、月次巡回監査を断行し、正確でスピーディな月次処理、そして的確な経営助言、それらのサービスを提供すること、これがまず基本ではないでしょうか。

そのための最大の武器がＴＫＣ全国会の戦略的ツールであるＫＦＳなのです。

その地道な繰り返しを続けながら拡大をしていくんです。

正確にはお客様の支持によって、お客さんが増えてゆくのです。

事務所が発展しないと、いい職員が集まりません。

関与先の拡大と業務品質の向上が、車の両輪のように噛み合うようにすることが、会計事務所経営の要諦だと思います。

偉そうなことを言ってますが、私も過去にひどい目に遭っています。

そしてこの両輪を動かす原動力が職員です。

職員を育てる。職員の資質を高めるために金を惜しんではいけません。仕事のできる職員を重要な戦力とするために、事務所を辞めさせるようなことがあってはいけません。職員が、末長くいたいと思う事務所を作り、処遇を良くしなければなりません。

「若い」ということの最大の特性は柔軟性だと思います。

ニューメンバーズの方々は柔軟性を持って、よいものをどんどん採り入れて、時々次のことを自己チェックしてください。

① 関与先に感謝されていますか。
② 税務調査なんて嫌でもない、怖くもないと断言できますか。
③ 職員に十分な処遇を与えていますか。
④ 職員が生き甲斐を持って働いていますか。

⑤　その結果、事務所は着実に発展していますか。

貧乏している時は、心底お金が欲しいと思います。だから頑張るのです。それは決して悪いことではない。

しかし、税理士と、中小企業の経営者を比較してください。経営者で成功している人は、どんどん発展して、倍々ゲームのように伸びていくでしょう。それは社会から支持された証明でもあるのです。

しかし、会計事務所には、ある程度適正規模のようなものがあって、ごく例外を除いて限界があります。大きくなりすぎると細胞分裂が起きたりします。そういう意味では企業ではないのだと思います。

だから、「社長」ではなく「先生」と呼ばれるのかも知れません。

税理士を経営者と同じだと考えては駄目です。経営者を応援するのが会計事務所です。ここが難しいところです。

企業は発展すればするほど機械化、合理化ができて、研究部門も充実し、商品の品質も高まっていくのだと思います。

会計事務所も発展しなければならないけど、がむしゃらにやっていたら、結果、品質が落ちて、支持を失う恐れがあります。

そういうところを飯塚先生や多くの先輩の著作・教訓から学んでください。

同志の皆さん。大いに発展してください。

そしてＴＫＣ会計人として幸福感を持てるようになったら、必ずその幸せを人と分かち合い、社会に返しましょう。

世のため、人のために尽くす。そういう人生が送れるよう一緒に頑張りましょう』

巨星墜つ

平成十六年十一月

ＴＫＣ全国会創設者・初代会長飯塚毅先生が逝去された。

十二月十四日の護国寺は、凛とした静けさに包まれていた。

二千余人の弔問客が別れを惜しんだ。

高橋健太郎は、葬儀告別式が終わり、葬儀委員の一人として、出口に並んで会葬者に挨拶していた。

そのうち気が付いたことは、年配の会葬者の多くが、るな子夫人の前に進み出て、丁寧に「ありがとうございました」とお礼を言っている。飯塚毅先生に対する感謝の思いを、どうしても、るな子夫人に伝えたかったのだ。

この人たちは、みな草創期の苦しい時に、飯塚会長の教えを受け、ともに歩んできたのだと思う。


飯塚毅先生と三十三年の親交があったドイツ、ダーテフ社のハインツ・セビガー博士が弔辞を読んだ。

「…(略)…。

飯塚毅氏はすぐれた徹底性と情熱を持ってその思想を深められましたが、その背景には、生涯にわたってドイツ法とアングロサクソン法を自ら研究して得た深い見識がありました。正規の簿記の諸原則に関する研究に対し、氏は中央大学から博士号を授与されました。飯塚毅氏の関心は法律の研究にとどまらず、条文の背後にある経済的・社会的要因にも向けられていました。私の母国語であるドイツ語でドイツ哲学に親しむことも、氏の大きな喜びでした。(中略)

飯塚毅氏は私の人生を豊かにしてくれました。相互の理解に基づく共同作業ができたことは言うまでもありませんが、賢明で心の温かな彼の人となりを知り、そこから多くのことを学ばせていただきました。私は地球の裏側、ヨーロッパとはまったく異なる世界に兄弟を得たのです。

飯塚毅氏の生涯は、正義を求める不屈の戦いでした。この道を氏は迷うことなく邁進したのです。彼は率直で毅然とした戦士であり、自分にとっても相手にとっても快適とはいいがたい状況でも目標からけっして目を逸らしませんでした。彼はその仕事において大きな成功を収めました。その足跡は深く刻まれ、今後も長いあいだ影響を及ぼし続けるでしょう。（略）」

飯塚るな子夫人　詠歌

刻《とき》は過ぎ刻《とき》は流れて止らず
永遠《とわ》を刻《きざ》みて君逝きませり

息絶えてのちの御顔のみごとさよ
意思と慈悲との伝はり来るもの

ひたひたと心に通う別れかな
幸せですね　あなた
心に呟《つぶや》き涙こらえぬ

高橋健太郎は追悼集に書いた。

『事をなす人間の条件

事をなしたる歴史上の人物、身近にたとえれば飯塚毅先生のような人々に共通した条件は何でしょうか。

飯塚先生が私たちに教授した、指導者としての第一条件は、「正しい方向性」を示せることだと断じています。それは「予見力」とも言われています。事をなすに必須の前提条件を、先生は「心の在り方」と「資質」両面からとらえています。

「心の在り方」はどうあるべきか。第一にそれは事物の本質を見抜く洞察力の磨き出しの問題。第二に貫徹力の錬磨の問題としています。

常々、飯塚事件について考えるとき、在野の一会計人が、国家権力から徹底的に弾圧を長時間受けた時、私たち凡人が思うことは「怖くなかったのか」「逃げ出そうとは思わなかったのか」ということです。飯塚先生は「恐怖心からの脱却」は「畏れのない心」の鍛錬だと話されています。鍛え上げた心の修行により生まれた強靭な精神力と、並はずれた学識がその前提にあるのだと思います。

わたしが、恐れ多くも想像するに、飯塚先生の人生のスタンスは、

「見ずや君、明日は散りなむ花だにも、力のかぎりひと時を咲く」

青春時代にこの短歌に共鳴し、尊敬する植木義雄老師の「飯塚よ、人生は情熱だぞ、情熱をもって事にあたらんような奴は大成せんよ」に触発され、「全力をかけて、この瞬間を生きてゆく。情熱をもって万事に没頭せよ」と自らに言い聞かせ、またそのように行動されたのだと思うのです。「人生の一回性」「自己中心に生きるほど人生は永くない」と私たちに問うています。

宮崎県シーガイヤ。飯塚先生は私の手を握って言われました。「高橋君。いい仕事をしてくれて、ありがとう」

近寄りがたい威厳のなかにある、自愛のまなざしでそういわれた時の驚きと感動は、忘れることができません。

それはいまから十年前、その日は私の四十八歳の誕生日だったのです』

飯塚先生のちょうど一周忌の頃、高橋健太郎や葬儀委員を務めたメンバーのところに、るな子夫人から手紙と一緒に、九谷焼のすばらしいぐい呑みが届いた。

「お酒の大好きな故人を偲んで、盃を共にして頂けたらと思いました。

時に　烈々として人心を覚醒せしめ
時に　慈雨となりて人を慰む
嗚呼　自在なるかな

その魂　天に還ると謂えども
そんな憶いが去来いたします。

盃は使ってください。呑んでください。壊れてもお心を痛めないでください」

追伸

るな子夫人は、ぐい呑みをもらったみんなが、飯塚先生からの贈り物と思い、使わないで、大事にしまい込むに違いない。それでは贈る意味がないので、追伸を書いてくれたのだ。

なんと細やかな心遣いだろう。

高橋健太郎は、よしそれではと、届いたその日に、大きなぐい呑みに、なみなみとお酒を注いで、「飯塚先生、いただきます。乾杯」と一献、別れを惜しんだ。
しかし、その日以降ぐい呑みは使わずに、大切にしまってある。

政治家

平成十九年一月十九日

東京・早稲田にあるリーガロイヤルホテルは来客の熱気に満ちていた。暖冬のせいだけではないだろう。約五百人が集まった会場では、TKC全国会の「賀詞交歓会」が盛大に行われていた。全国会の理事会メンバーのほか、国会議員、官僚、学会に加え、畔柳信雄・三菱東京UFJ銀行頭取、倉持治夫・大同生命保険社長といった金融界や、黒川博昭・富士通社長、西田厚聡・東芝社長など、メーカーのトップたちも顔を見せた。

会場にひときわ大きな拍手が起こったのは、安倍晋三内閣の財務大臣・尾身幸次が演壇に登った時である。

「私は自由民主党のコンピュータ議員連盟、通称ＴＫＣ議連の会長をしております財務大臣の尾身幸次です。

この種の団体で、一団体、一個人の立場を離れ日本全体の国家の在り方という視点で活動する団体はないと思います。みんな業界の利益代表が普通なのです。

実は、自民党の内規で大臣になると議連の会長は辞めなくてはならないのです。

だから私が大臣を辞めたら、この会長ポストをすんなり返してくれる人を今、人選しているところです（笑）」

高橋健太郎は、尾身大臣の話を聞きながら、感慨深いものがあった。平成五年に高橋健太郎は、飯塚毅先生と尾身幸次代議士が、神楽坂の料亭で面会する段取りをつけた。二人は初対面だったが次第に意気投合し、杯を重ねた。

「飯塚先生はもういないけどあれから十五年か」

尾身幸次代議士は、昭和五十八年自民党の公認が取れず、無所属で出馬し、最高点で当選、以降八期連続当選しこの間三度の大臣を務めた。高橋健太郎は、最初の選挙から尾身幸次を応援していたが、三期目の選挙からは、選対の遊説責任者をやり、五期以降は後援会全体の幹事長として、尾身幸次の日常の政治活動や選挙の指揮を執った。

高橋健太郎は、尾身の選挙が始まると、クレージーという病気にかかり、一か月近く仕事もしないで尾身と行動を共にしていた。

健太郎の関与先経営者も、いつもの病気が出たと諦めていて、高橋に相談があるときは、選挙事務所にやってくるほどだった。

高橋健太郎は、長い間尾身幸次代議士を見てきた。尾身の国家感や使命感、並はずれた能力と行動力、そのすべてが一流の政治家の領域にあることは衆目の認めるところだった。

しかし、高橋健太郎が終始、尾身幸次という政治家についていった本当の理由は、本音も建前もないその人柄と正直さに惹かれたのだと思う。

政治家には、多かれ少なかれ表の顔と裏の顔がある。その落差が大きければ大きいほど人は離れていくものだ。

「あんな綺麗なこと言ってるけど、本当はね……」これが現実なのだ。

そういうことを一番よく知っているのは、本人の奥さんと秘書達、そしてごく一部の心を許した側近だけだと思う。

尾身は、支持者から頼まれごとをした時も、出来る出来ないをはっきりと言うのが真骨頂だったから、思う通りにならない人は離れていった。冷たい人だと思われたかも知れない。

話をグレーにして期待を持たせるようなことはしない人だった。

健太郎も時には激しく議論し、やり合うことも多かったが、尾身は決して妥協しなかった。しかし、本当に納得すると、いとも簡単に言うことを聞いた。頑固さと素直さがいつも同居していた。

平成二十一年八月、尾身九度目の選挙が始まった。

数日が過ぎて夜九時頃、尾身が選挙事務所に戻ってきた。もろもろの打合せが終わった後、健太郎に呟いた。

「驚くほど反応が悪いんだ。こんなの初めてだ」

「仕方ないですよ。この暑さの中、人々は窓を閉めてエアコンつけて甲子園を見ているんです。外の声なんか聞こえません。気にすることはありません」

健太郎は尾身の一言が気になって、ライバル候補の遊説先を見つけ、偵察した。ある団地に差し掛かった時、あちこちの窓が開き、手を振る人、頑張れと叫ぶ人、その一人ひとりに候補者が「ありがとうございます。がんばります」と叫んでいる。尾身候補が受けた感触とのあまりの相違に健太郎は愕然とした。

しかし、夜の個人演説会は盛況だった。これまでの尾身自身の政治活動の幅広さを物語るようだった。

自信と不安が交互にやってくる。

選挙事務長は、公式の選挙責任者で、通常は地元の名士が務める。

幹事長は選挙戦の実務の指揮を執り、また憎まれ役も務めなければならない。

候補者が言えないことも、代わりに言わなければならないこともある。時には、地方議員や有力後援者が、直接候補者に、「幹事長は生意気で許せん」などと強くクレームをつけることもあるが、尾身幸次は当然のように「高橋さんは幹事長ですからその指示に従ってください」と、毅然として答えた。ハシゴをはずすようなことはしない人だった。

選挙戦中盤になると、新聞各紙には世論調査の結果が出る。

『民主党の圧勝　三百議席の勢い　自民党惨敗の可能性』

激しい選挙戦が終わり、翌日の投票日。

健太郎は午後五時半、選挙中に親しくなった放送局と新聞社の担当者に出口調査の情報を内密に聞き出したが、いずれも尾身の敗北だった。

午後六時。健太郎は尾身幸次に電話した。

「出口調査の情勢は極めて悪いようです」

「高橋さん、分かっています。選挙中高橋さんに話して士気が挫け、選対が総崩れになっても困るので言わなかったけど、私は今回は無理だと思っていました。

今、親子三人で話し終わったところです。長い間献身的に支えてくれて、本当に感謝しています」

午後七時。健太郎は選挙事務所に入った。マスコミ関係者のカメラが並んでいる。すぐに記者たちが健太郎を取り囲み、「これからの選挙事務所の手順について教えてください」

健太郎はひと呼吸おいてから、「最初に選挙事務長が挨拶します。次に候補者が挨拶します。以上です」と言った。

万歳三唱も達磨の目入れもない。健太郎の話を聞いて、事務所にいた支持者達は敗北を悟ったようだった。

熱烈な老人の支持者が「高橋さん、負けたんかあ」と悲鳴のような声を出した。

マスコミ関係者は何一つ質問しない。「こいつら、みんな知ってやがる」

午後八時五分。

NHKは開票率ゼロ％で相手候補の当選確実を伝えた。

これまでの選挙で圧倒的な強さを誇ってきた尾身幸次も、この大逆風にのまれ、民主党三百議席以上の地滑り的大勝利の前になす術もなかった。

午後八時二十五分。

尾身幸次が挨拶した。

敗北を認め、応援してくれた人々に感謝の気持ちを伝えた。

政界からの引退と、余生を日本と群馬のために尽くすと結んだ。

尾身幸次は静かな口調で話し終えると一人ひとりと丁寧に握手した。

健太郎と尾身は言葉も交わさず固い握手をした。

この人とともに二十六年。

一流の政治家となって、国家に尽くした。

「応援してよかった」

高橋健太郎はしみじみと、そう思うことができた。

希望のかけ橋

二〇二〇年

東京オリンピックが開催され、日本中が盛り上がった。

世界中からやって来た人々は、飾り物ではない日本の風景や、たとえば親切、ルールを守る礼儀正しさ、安全、清潔さ、そうした些細なことではあるが、それがごく自然に存在する日本という国に対して、好感と親しみを感じて母国に帰っていった。

日本を代表する多くのアスリートたちが、表彰台に日の丸を揚げ、「君が代」を流してくれた。

「さざれ石の巌となりて苔のむすまで」

これまでに刻まれてきた日本の「悠久の歴史と刻」を、若い人達に平和の中で引き継ぎたいとだれもが願っている。


二〇二一年、ＴＫＣ全国会は創設五十周年を迎えた。

ＴＫＣ会員事務所に所属する税理士・公認会計士は一万五千人に達した。

会員が関与する中小企業、団体、社会福祉法人などの総数は百万社を超え、日本の事業所の約三分の一はＴＫＣ会員の顧客となった。

その活動と業務品質の高さは、行政や金融機関からも高い評価を得ている。

全国会と車の両輪にたとえられる、株式会社ＴＫＣ二千五百人の社員は、ＴＫＣ会員の事業の成功条件を探究し、これを強化するシステムを開発し、その導入支援に全力を尽くしてきた。

卓越したマーケティングやイノベーションによって、会計事務所の職域防衛と運命打開を実現した社員二千五百人の支えなくして、百万社は決して成就しなかったであろう。

五十周年の記念式典会場となった帝国ホテルには、全国会の幹部、政界、官界、学会、金融界、経済界など千五百名が参列し華やかな雰囲気に満ちていた。

現役を引退した、粟飯原一雄元会長、ＴＫＣの飯塚真玄元社長、そして当時の粟飯原会長を支えた元副会長たちも元気な姿を見せた。その中の一人に高橋健太郎もいた。

希望のかけ橋

八年ほど前、粟飯原会長のもとで創設五十周年に向けた政策課題と戦略目標が設定された。

日本の経済を根底で支える中小企業を支援すること、高品質な決算書によって税務当局や金融機関から信頼を受けることなど、「ＴＫＣブランドで社会を変える」という使命感に基づく活動を展開してきたが、多くの会員がこの目標に向かって邁進した結果、初期の目標を達成することができたのだ。

ここにきて、税理士業界は完全に二極化し、明暗が分かれることとなった。

事務所主導による企業の自計化推進によって、月次決算の早期化や部門別業績管理、黒字化支援といった、中小企業の期待に応えることができた会計事務所は、確かなる橋頭堡を築いて発展した。

その一方で、企業の自計化に無頓着だった事務所は、いつの間にか会計が剥離され、行き着くところ巡回監査の不要化と決算税務申告業務のみが残って収入は激減してしまった。事務所自らの判断ミスによって、会計事務所の役割を劣化させてしまったのだ。

記帳代行を主業務とした事務所からは、その仕事の余りのやりがいのなさに、いつの間にか優秀な職員がみないなくなってしまった。

そうした中で、TKC全国会会員の関与先企業が百万社を超えるという快挙を成し遂げたことは、「会計で会社を強くする」という原点を会員が十分認識し行動した結果に他ならない。そのことによって、税理士の社会的使命と事務所の発展が相反しないということを見事に証明したといえる。

今日の隆盛の礎を築いた元幹部たちは、正しい方向に会員を導けたことに心から安堵し、みな充実感に満たされていた。

久しぶりに会って再会を祝し乾杯した。かつてはいつものことだったが、会議の後など同志は、相語らい夜遅くまでよく飲んでいた。健太郎は、当時を懐かしみながら、久しぶりに旧友たちと大いに飲んだ。

ホテルの部屋に入り、水を一杯ぐっと飲みほし、一息ついて目を瞑ると、また想い出す少年時代。

あの頃にスリップすると、不思議と登場するのが、映画「ALWAYS三丁目の夕日」だった。

売れない小説家の茶川竜之介がプロポーズの指輪を買おうとしたが、少年に万年筆を買ってしまったために買えなくなった。

いつか買うからと、指輪のカラの箱を好きな宏美に渡すと、宏美は箱をあけて「指輪をつけて」という。

見えない指輪を薬指にはめてもらうと、宏美の頬から涙が伝わる。

どんな高価な指輪にも勝るとも劣らぬ竜之介からのプレゼント。

健太郎は、宏美を演じる小雪と、頼りなくうら寂しい限りの、竜之介を演じる吉岡秀隆のこのシーンが好きだった。

貧しいからこそ豊かになりたい。誰しもが思っていたあの頃の遥かなる夢。

「汗水して働けばきっと幸せになれる」

合言葉のように、みなそう信じ頑張ってきたのだ。

しかし、貧しさから脱することができた代わりに、かけがえのないものを失ってしまったかも知れない。

「お金では買えない大切なものがたくさんあるよ」

そうしたことを教えてくれた人々が、今はもういないけれど、健太郎の心の中には棲んでいる。

旅立ち

二〇三〇年

高橋健太郎は、週二回ほど保育園にやってくる。

保育園の遊び広場には、大きな木がたくさんあり、真夏の太陽から子どもたちを守っていた。その木々に蝉がとまり賑やかに合唱している。子どもたちの遊び場の周りには花壇があり、子どもたちが植えた花や、健太郎が前年の秋に収穫した種を春にまいたものなどを育てていた。

「今年もクレオメがきれいに咲いた」

健太郎は膝を折って目線を下げ、群生しているクレオメを見ていると、子どもたちが寄ってきて、「りじちょうせんせい、なにしてるの?」と言った。

「この花にはね、ハイマダラノメイガという難しい名前の悪い虫がいっぱい付いていて、花をみんな駄目にしちゃうんだよ。だからね、理事長先生は、みんながいない時に消毒して退治しているの」

「どうして、みんながいないときに、しょうどくするの?」

「消毒のドクちゃんはねえ、小さい子が大好きで、みんなの体の中に入っていくと毒が出て病気になっちゃうの」

「りじちょうせんせいは、だいじょうぶなの?」

「消毒のドクちゃんはねえ、年寄りが大嫌いなんだよ。逃げていっちゃうの。だから、理事長先生は大丈夫なんだよ」

「ふうん。わかった」

高橋健太郎は、子どもたちと、その場で考えついた、とりとめのない他愛ない話をするのが好きだった。

いつもと変わらぬ光景だったが、突然急に辺り一面が真っ暗になり、健太郎は密集したクレオメの花の中に、体ごと、ドスンとうつ伏せに倒れこんだ。


（完）

○永田智彦（ながた・ともひこ）
税理士
ＴＫＣ全国会　副会長
ＴＫＣ関東信越会　最高顧問
株式会社ＴＫＣ　社外監査役
社会福祉法人ふたば会　理事長

主な著書
『社会福祉法人会計の実務』（2000年）、田中正明との共著で『社会福祉法人の会計と税務』（2001年）、『新しい社会福祉法人会計』（2012年）、『社会福祉法人の会計実務』（2013年）がある。（いずれもTKC出版）

心に棲む人へ

2014年５月26日　初版第１刷　　定価：本体1,000円（税別）
2014年６月18日　初版第２刷

著　者　永　田　智　彦
発行所　株式会社ＴＫＣ出版
〒102-0074　東京都千代田区九段南4-8-8
日本YWCA会館4F　TEL 03-3239-0068
印刷・製本　東京ラインプリンタ印刷株式会社

ISBN 978-4-905467-19-9